OETINGER
34

Angela Kirchner

Über den Dächern wir zwei

OETINGER 34

MIX
Papier aus verantwortungsvollen Quellen
FSC® C018236

Edition Oetinger34

Ein Imprint der Verlag Friedrich Oetinger GmbH

Text und Idee von Angela Kirchner
Einband von Meike Hamann
Lektorat: Sabine Franz
Satz: Arnold & Domnick GbR, Leipzig
Printed in Poland 2015
ISBN 978-3-95882-118-7

Dieses Buchprojekt ist auf Oetinger34.de im Team entstanden.
Autorin: Angela Kirchner
Junior-Lektorin: Esther Kalb

www.oetinger34.de

Für meinen Opa, dem ich viel verdanke. Du fehlst.
Und für meine zwei Ms. Ihr seid ALLES für mich.

1

Seit über drei Jahren habe ich diese Leiter nicht betreten. Ich werfe einen Blick zurück, hinunter zu Marik. Er steht ein paar Meter entfernt auf dem Rasen der Millers, hat die Arme vor der Brust verschränkt und nickt hektisch. Wenigstens er ist überzeugt, dass ich das Richtige tue. Ich seufze und klettere mit zittrigen Beinen weiter.

Die letzte Sprosse, von der Leiter aufs Dach. Ich hebe den Blick – und da sitzt er, keine drei Meter entfernt, mit dem Rücken zu mir. Seine braunen Haare werden vom Wind zerzaust, der Saum seines T-Shirts flattert leicht. Allein vom Hinsehen wird mir schon kalt, immerhin ist es Anfang Oktober, und er kauert in Shirt und kurzen Hosen auf dem First des flachen Giebeldaches, das unser Haus mit seinem verbindet.

»Hallo«, sage ich.

Theo zuckt zusammen. Er dreht den Kopf, starrt mich über seine Schulter hinweg an, und Verwunderung flutet sein Gesicht. Als wäre ich die Letzte, die er hier oben erwartet hat.

»Hi«, antwortet er. Es klingt wie eine Frage.

»Hast du etwas dagegen, wenn ich …?« Anstatt den Satz zu beenden, mache ich eine Geste in seine Richtung und ernte dafür einen weiteren fassungslosen Blick.

Es gefällt mir nicht, dass er mich so ansieht mit seinen tagblauen Augen. Und je länger er das tut, desto mulmiger wird mir zumute. Ich will mich gerade umdrehen und wieder nach unten steigen, da zuckt Theo wortlos mit den Schultern.

In Ordnung. In Ordnung …

»Brauchst du Hilfe?«, will er wissen, als ich mich nach einer gefühlten Ewigkeit noch immer keinen Zentimeter von der Leiter wegbewegt habe.

Ich schüttele den Kopf, straffe meine Schultern und krabbele dann die leichte Schräge zu ihm hinauf. Weil ich zögere, mich zu setzen, rutscht er ein Stück zur Seite, nimmt mir die Entscheidung ab.

»Hier war ich ewig nicht mehr«, murmele ich, sobald ich neben ihm sitze. Ich habe gut einen Meter Platz zwischen uns gelassen.

»Knapp über drei Jahre«, erwidert er.

Er hat seine Knie leicht angewinkelt, die Unterarme locker auf den Oberschenkeln abgestützt und seine Hände vor dem Körper verschränkt. Obwohl er bereits sein Leben lang unter Höhenangst leidet und wir gut und gerne vier Meter über dem Erdboden sitzen, wirkt er ziemlich entspannt.

»Das weißt du so genau?«, frage ich ehrlich überrascht.

Ich könnte ihm sogar den genauen Tag nennen, an dem ich zum letzten Mal mit ihm zusammen hier oben gesessen habe. Aber dass Theo sich auch daran erinnert …

Er betrachtet eingehend seine Finger und nickt dabei. »Gutes Gedächtnis, schätze ich.«

»Ist sicher auch der Grund dafür, dass du in Mathe besser abschneidest als ich.« Ich grinse ihn von der Seite an, aber er reagiert nicht, starrt nur weiter auf seine Hände. Super Einfall, ausgerechnet mit so etwas anzufangen! Als hätte er keine anderen Probleme. Sein Bruder hatte heute Morgen einen Unfall, und ich rede über die Schule.

Ich presse meine Lippen aufeinander und wende den Blick ab. Vor uns breitet sich die Kleinstadt wie eine Spielzeuglandschaft aus. Die Aussicht ist wirklich wunderschön, und ich bin erstaunt, wie ich das so schnell vergessen konnte. Rechts von uns liegt die Schule, und schräg davor schraubt sich der Turm der Klosterkirche in den Himmel wie ein ausgestreckter Mittelfinger. Links daneben kann ich das Sportgelände mit den Tennisplätzen, dem Fußballfeld und der Schwimmhalle erkennen, dahinter breitet sich der Park aus. Auf der anderen Seite des Talkessels, in dem die Stadt liegt, klammert sich das Krankenhaus mit seinen Gebäudekomplexen an den Hang. Vielleicht ist Theo deswegen hier? Weil sein Zwillingsbruder jetzt da drüben in irgendeinem Bett liegt und sich vom Zusammenstoß mit einem Auto erholt?

»Früher haben wir uns hier versteckt, wenn uns irgendwer auf die Nerven gegangen ist«, sage ich leise und mehr zu mir selbst.

Theo dreht den Kopf, sieht mich an.

»Wieso haben wir damit aufgehört?«, frage ich.

»*Wir?* Wieso hast *du* damit aufgehört?«

Ich ziehe eine Grimasse. Ganz falsches Thema.

»Keine Ahnung«, murmele ich und versuche, seinem Blick auszuweichen. Meine Finger finden etwas Moos, das einen der Firstziegel bedeckt, knibbeln daran herum. »Pubertät?«

Theo mustert mich einen Moment nachdenklich, dann zucken seine Mundwinkel nach oben, ganz kurz nur, und er schnaubt belustigt durch die Nase.

»Der Pubertätsjoker«, erwidert er. »Zieht in dem Alter ja immer.« Danach versinkt er wieder in Schweigen.

Eine Windböe pfeift über das Dach und weht mir die Haare ins Gesicht. Ich wische sie beiläufig zur Seite. »Aus dem Alter, in dem man Verstecken spielt, sind wir jedenfalls raus.«

Anstatt zu antworten, zieht Theo die Augenbrauen zusammen, bis eine kleine senkrechte Falte dazwischen erscheint.

Seit wir neun Jahre alt waren, sind wir nahezu jeden Tag gemeinsam hier heraufgeklettert, um der Welt da unten zu entfliehen, haben uns Witze erzählt und schlimme Strafen für diejenigen ausgedacht, die uns in dem Moment auf die Nerven gefallen sind.

Früher haben wir nie geschwiegen, sondern Stunden damit vertrödelt zu reden, bis uns die einbrechende Dunkelheit oder eine unserer Mütter dazu gezwungen haben runterzusteigen.

Nach so langer Zeit wieder mit ihm hier zu sitzen, fühlt sich unfassbar eigenartig an.

Aber auch richtig. Trotz des Schweigens.

»Ich habe das mit Mike gehört«, sage ich nach einer Weile. »Wie geht es ihm?«

»Ganz gut so weit.« Theos Stimme klingt plötzlich seltsam schleppend, als würde er sich zwingen, darüber zu sprechen. »Nur ein paar Knochenbrüche und eine Gehirnerschütterung. Wenn alles gut läuft, darf er in einer Woche schon wieder nach Hause.«

»Super! Das ist doch –« Ich stocke.

Super ist nicht unbedingt das passende Wort für diese Situation. Wie zur Bestätigung hebt Theo irritiert die Augenbrauen.

»Nicht super«, füge ich hastig hinzu. »Also nicht auf die Art, wie man … wie man …«

Jetzt lächelt er amüsiert und mit nur einem Mundwinkel. Auch wenn ich es schon ewig nicht mehr gesehen habe, an dieses halbe Lächeln erinnere ich mich. Ich mochte es, mag es noch immer.

»Tut mir leid. Ich fürchte, ich bin nicht besonders gut in solchen Dingen.«

»Aber auch nicht besonders schlecht«, entgegnet er, dann schweifen seine Augen wieder zur Klinik hinüber.

Ich sehe ihm zu, wie er da sitzt und in die Ferne starrt. Eigentlich wirkt er doch nicht so entspannt, wie ich zunächst angenommen habe. Seine Kiefermuskeln zucken nervös, und er blinzelt viel zu oft.

»Weißt du, wie es passiert ist?«, frage ich, nachdem ich die Worte prüfend in meinem Hirn umhergeschoben habe.

»Nur, dass er mit dem Fahrrad unter ein Auto gerutscht ist.« Er fährt sich durch die Haare, reibt sich den Nacken und verschränkt seine Finger wieder. »Mehr sagen sie uns nicht, bis sie ihn verhört haben.«

Verhört? Wieso denn verhört?, denke ich, frage stattdessen jedoch: »Unter ein fahrendes Auto?«

»Mmh.«

Ein eisiger Schauer rieselt meinen Rücken hinab. Mike muss ungeheures Glück gehabt haben, wenn Knochenbrüche das Schlimmste sind, was er sich bei so einem Unfall zugezogen hat.

»Scheiße«, sage ich.

»Gewaltige Scheiße.« Theo nickt träge. »Vier Uhr morgens.

Kaum zu glauben, dass er es geschafft hat, sich von dem einzigen Auto auf der Straße überfahren zu lassen.«

Sein Handy klingelt, aber er ignoriert es. Sobald das Klingeln verstummt, zieht er das Telefon aus seiner Hosentasche und schaltet es aus.

»Wo waren wir?«, will er wissen.

»Wie Mike sich um die Uhrzeit überfahren lassen konnte.« Ich schaue dabei zu, wie er das Telefon in seinen Händen kreisen lässt, und murmele abwesend: »Na ja, wenn es wirklich stimmt, was sie in der Schule erzählen …«

Theo erstarrt mitten in der Bewegung. »Bitte?«

»Ich, ähm …« Trotz des kühlen Windes wird mir plötzlich unangenehm warm. »Ist nur ein Gerücht, das herumgeht.«

»Was für ein Gerücht?« Er dreht den Kopf und sieht mich mit riesigen azurblauen Augen an. »Und seit wann genau weißt ausgerechnet *du*, was in der Schule erzählt wird?«

Er kennt mich, weiß, dass ich mich seit Jahren einen Dreck für meine Mitschüler interessiere. Und umgekehrt genauso.

»Marik hat es mir gesagt.«

Im Gegensatz zu mir hat mein vierzehnjähriger Bruder nämlich kein Problem im Umgang mit Gleichaltrigen und deshalb mehr Freunde, als ich in meinem ganzen Leben haben werde. Er bekommt es mit, wenn solche Dinge passieren. Ich hingegen habe mich noch nicht einmal gewundert, warum sie Theo heute in der ersten Stunde aus dem Unterricht geholt haben.

»Aha.« Theo mustert mich mit zusammengekniffenen Augen, als würde er einen Weg in meinen Kopf hinein suchen, ohne allzu viel Blut zu vergießen.

Sein Blick vorhin hat mir schon nicht gefallen, dieser jetzt gefällt mir noch viel weniger.

»Was für ein Gerücht?«, wiederholt er.

Ich zögere einen Moment. »Dass Mike betrunken war.«

Ein Schatten zieht über Theos Gesicht. »Und du denkst, dass sie die Wahrheit sagen?«

»Deshalb *Gerücht*. Ich weiß es nicht.«

»Aber du glaubst es.«

»Keine Ahnung«, erwidere ich achselzuckend. »Ich meine, warum sollten sie sich so was ausdenken?«

Ist das gerade tatsächlich aus *meinem* Mund gekommen? Ausgerechnet *ich* muss fragen, warum sich Leute Dinge über einen ausdenken und laut in die Welt hinausposaunen?

Fieberhaft überlege ich, wie ich die Situation retten könnte. »Na ja … ähm, was ich damit sagen wollte …«, stammele ich. »Du weißt doch, wie so was läuft. Der Erste erzählt was von Alkohol, der Zweite von Vollrausch, und der Dritte … beim Dritten sind schon Drogen im Spiel. Also, nicht dass das bisher jemand behauptet hätte, aber man weiß ja nie, was noch kommt, oder?«

Sobald der Satz meine Lippen verlassen hat, wünsche ich ihn weg aus dieser Welt, zurück ins Nichts. Da hätte ich genauso gut mit brennenden Fackeln in den Händen in einen See aus heißem Öl springen können.

Ich halte die Luft an, warte darauf, dass Theo explodiert. Mindestens ein Äon warte ich, doch anstatt hochzugehen, zieht er sich zurück. Jegliches Leben weicht aus seinem Gesicht, und er fixiert mich mit solch einer ausdruckslosen Miene, dass es völlig unmöglich ist zu erraten, was gerade in ihm vorgeht. Vielleicht wäre mir eine Explosion doch lieber gewesen.

Ehe ich mich entscheiden kann, erhebt er sich. »Hmm« ist alles, was er noch sagt, dann steigt er langsam die Dachschräge hinunter.

Jetzt, da er auf den Beinen ist, merkt man ihm seine Höhenangst deutlich an. Er streckt die Arme seitlich aus, um beim Laufen die Balance zu halten. Ohne mich noch einmal anzusehen, betritt er die Leiter, und im nächsten Moment ist er verschwunden.

Marik hebt nur kurz den Kopf, als ich meinen Rucksack auf den Esszimmertisch pfeffere, dann widmet er sich wieder seinem Teller Pasta.

»Und?«, fragt er mit vollem Mund.

»Toll«, antworte ich. »Bombastische Idee. Vielen Dank für diesen unendlich bescheuerten Ratschlag, Blödmann!«

In der Küche nebenan räuspert sich Mama energisch. »Mina! Ausdruck.«

»Ausdruck?«, blaffe ich zurück. »Ich habe noch nicht einmal angefangen, Ausdrücke zu benutzen, weil mir nämlich gerade keiner einfällt, der schlimm genug ist.«

Marik lässt seine Gabel sinken, lehnt sich auf seinem Stuhl zurück und sieht mich ungläubig an. »Was hast *du* denn für ein Problem?«

»Dich! Dich und deinen hirnverbrannten Vorschlag, dass ich mit Theo reden soll, weil du dich selbst nicht getraut hast!« Ich stapfe in die Küche, reiße die Kühlschranktür auf und werfe sie wieder zu, weil ich es mir anders überlegt habe. Hunger habe ich sowieso keinen. Eher Lust, alles, was mir in die Finger gerät, in seine Einzelteile zu zerlegen und dann laut schreiend darauf herumzutrampeln.

»Ist wohl nicht so gut gelaufen, was?«, erwidert Marik und treibt mich damit beinahe zur Weißglut.

Ich will zurück ins Esszimmer, ihm auf einfallsreiche Art beibringen, dass es tatsächlich nicht *so gut gelaufen* ist, aber Mama hält mich fest, ehe ich an ihr vorbeischlüpfen kann. Sie riecht nach frisch gebackenem Apfelkuchen.

Ich mag keinen Apfelkuchen.

Natürlich erwartet sie, dass ich mich bei Marik entschuldige. Das tue ich nicht. Stattdessen führe ich mich lieber wie ein siebzehnjähriges spätpubertäres Gör auf, stürme aus der Küche und renne die Treppe hinauf in mein Zimmer, um mich mit einem frustrierten Grummeln auf mein Bett zu werfen. Das Grummeln wird zu einem Jammern, und ich muss mich zusammenreißen, damit ich nicht auch noch in Tränen ausbreche. Verfluchter Mist!

Nach einer Weile klopft es leise an der Tür.

»Kann ich reinkommen?« Mama.

Ich antworte nicht, deshalb drückt sie die Klinke herunter und schiebt sich langsam ins Zimmer.

»Was ist passiert?«, fragt sie.

Nett, und so diskret. Ich muss fast lächeln, auch weil Marik ganz offensichtlich nicht den Mund halten konnte und ihr schon alles erzählt hat.

»Ich hab's vermasselt«, brumme ich. »Leute in meinem Alter sind einfach … nicht mein Ding.«

Mama seufzt, schließt die Tür hinter sich und lässt sich neben mir auf die Matratze sinken. Mit dem Zeigefinger streicht sie ein paar schwarze Haarsträhnen aus meinem Gesicht und gibt mir einen Kuss auf die Stirn. Das tut sie immer, wenn ich mich mies fühle.

Jetzt riecht sie nicht mehr nach Apfelkuchen, sondern nur noch nach Mama. Wie Schnee, ganz frisch.

»Habt ihr euch gestritten?«

»Nein. Das heißt … ich weiß nicht. Ich glaube nicht.«

Sie nickt ernst. Egal, wie klein oder unwichtig eine Sache erscheinen mag, Mama schafft es trotzdem, sie mit der nötigen Ernsthaftigkeit zu betrachten.

»Möchtest du darüber reden?«

Ich verschränke die Arme hinter dem Kopf und atme tief durch. »Nein, ich möchte die Schule wechseln.«

Ein mitleidiges Lächeln spielt um ihre Mundwinkel, während sie mich mit ihren zartbitterbraunen Augen nachdenklich mustert. »An anderen Schulen gibt es auch Schüler. Du kannst dich nicht ewig verstecken.«

»Ich verstecke mich nicht«, sage ich und versuche, entschieden zu klingen. »Heimunterricht?«

Sie schüttelt den Kopf, und ihr Lächeln verändert sich, wird breiter. Sie bemüht sich, es zu unterdrücken.

»Dann gib mir wenigstens einen Tipp, wie ich das alles wieder geradebiegen kann«, jammere ich.

»Das kann ich erst, wenn ich weiß, was passiert ist«, erwidert sie. »Andernfalls wird das schwierig.«

»Ja, schon gut.«

Eine Weile hängen wir schweigend unseren Gedanken nach, und ich beobachte mürrisch das Mobile, das sich über meinem Schreibtisch langsam im Luftzug des offenen Fensters dreht. Es ist eine Nachbildung des Sonnensystems, neun Planeten, die unsere Sonne umkreisen. Dafür, dass ich Pluto mit ins Modell aufgenommen habe, obwohl er von der Wissenschaft als zu klein befunden und zum Zwergplaneten herabgestuft worden war, habe ich damals in der achten Klasse nur eine Zwei bekommen. Aber das war es mir wert. Er hat genauso seine Daseinsberechtigung wie die anderen acht, auch wenn er ein bisschen anders ist.

»Du und Theo«, sagt Mama jetzt, »ihr habt lange nicht miteinander gesprochen.«

Es ist eine Feststellung, keine Frage, und ich nicke bloß, neugierig, worauf sie hinauswill.

»Vielleicht braucht es einfach Zeit, bis ihr euch wieder aneinander gewöhnt habt.«

»Wie kommst du darauf, dass ich mich wieder an ihn gewöhnen will?«, frage ich – und zucke zusammen, als ich plötzlich seine tagblauen Augen vor mir sehe.

»Aus welchem Grund bist du sonst zu ihm da hochgestiegen?«

»Weil …«, setze ich an.

Sie legt den Kopf schräg, wartet.

»Weil Marik mich geschickt hat.«

Mama zieht ihre perfekt geschwungenen Augenbrauen nach oben und lächelt ein Und-jetzt-bitte-den-Rest-Lächeln, denn sie ahnt, dass das nicht die ganze Wahrheit ist. Ich stöhne genervt auf.

»Ich hatte ein schlechtes Gewissen«, gebe ich zu.

Sie sagt noch immer nichts, sieht mich bloß geduldig wartend an – eine Eigenschaft, die sie mir ebenso wenig vererbt hat wie ihre Augenbrauen oder ihre langen, schönen Beine. Meine Augenbrauen sind so dick wie mein kleiner Finger und meine Beine so dünn wie Streichhölzer.

»Ich war dabei, als sie Theo aus dem Unterricht geholt haben«, fahre ich etwas unwillig fort. »Ich hatte keine Ahnung, was passiert ist, und habe auch nicht nachgefragt. Aber dann hat mir Marik auf dem Heimweg von Mikes Unfall erzählt.«

Ihre Augenbrauen senken sich allmählich wieder. »Verstehe.«

»Ich habe mich die ganze Zeit nur über das Gequatsche der anderen aufgeregt, anstatt mir Gedanken zu machen, ob alles in Ordnung ist. Vielleicht bin ich deshalb da hochgestiegen.«

Sie nickt erneut, schiebt mich ein Stück zur Seite und legt sich neben mich. Zusammen starren wir den winzigen Riss in der Decke direkt über unseren Köpfen an. Wie früher, als ich fast jeden Tag heulend von der Schule gekommen bin, weil meine sogenannten *Freunde* es plötzlich witzig fanden, mich als Freak zu beschimpfen oder sich anderweitig über mich lustig zu machen. Vor Prüfungen war ich gut genug, um noch kurz was zu erklären oder Spickzettel zu schreiben und auf dem Klo zu verstecken. Wenn allerdings keine Tests anstanden und sie auch keine Hilfe bei den Hausaufgaben benötigten, haben sie mich ausgelacht, weil ich *so seltsam* war und mich für komplett andere Dinge interessierte als die neuesten Indie-Bands, Schminktipps in Zeitschriften oder Reality-TV mit selbst ernannten Promis.

»Du hast dich geschämt, weil du nicht gleich an einen Unfall gedacht hast?«, fragt Mama schließlich und reißt mich aus meinen Gedanken.

»Nein! Hörst du mir eigentlich zu?«, fahre ich sie an. »Ich *wollte* es nicht wissen!«

Oder vielmehr habe ich mich dazu gezwungen, es nicht wissen zu wollen.

»Ja, ich höre zu. Aber ich verstehe das Problem nicht. So ist das eben, wenn man sich auseinanderlebt. Das Interesse lässt nach.« Sie zuckt mit den Schultern. »Wobei ich sowieso nie verstanden habe, weshalb Theo und du auf einmal nicht mehr befreundet wart.«

Weil ich nach und nach für alle meine Freunde in der Schule bestenfalls noch Mittel zum Zweck wurde. Weil selbst Leute, mit denen ich bereits zusammen im Sandkasten gespielt habe, sich auf einmal von mir abgewandt haben. Weil ich befürchtet habe, dass es mit Theo irgendwann ähnlich ablaufen würde. Und weil …

»Jedenfalls ist Theo ein netter Kerl«, fährt Mama fort. »Egal, was du zu ihm gesagt hast, er wird dir wohl kaum den Kopf abreißen, wenn du dich entschuldigst.«

Ich verziehe zweifelnd das Gesicht, froh darüber, dass sie es nicht sehen kann. »Selbst wenn ich seinen Bruder beleidigt habe?«

Jetzt dreht sie den Kopf und mustert mich ungläubig. »Beleidigt?«

»Ich kann das einfach nicht, dieses zwischenmenschliche Teenie-Zeug!«

Ein trauriges Lächeln stiehlt sich auf ihre Lippen. »Ach, Schatz …«

»Ja, ich weiß!«, zische ich und rolle mich auf die Seite.

Mama legt einen Arm um mich, drückt mich kurz und seufzt noch einmal. »Du hast den ersten Schritt gemacht, nach so langer Zeit«, flüstert sie. »Da kann es schon mal passieren, dass man im Eifer des Gefechts Dinge sagt, auf die man im Nachhinein nicht gerade stolz ist. Lass ein bisschen Gras drüber wachsen, und dann entschuldige dich bei ihm. Ich bin sicher, Theo hat sich bald beruhigt.«

Sie haucht mir einen Kuss auf die Wange, ehe sie aufsteht und zur Tür geht. »Ich weiß, du magst keinen Apfelkuchen, deshalb bringe ich Celine und Theo jetzt welchen rüber. Oder willst du das übernehmen?«

Ich greife nach meinem Kissen und ziehe es mir über den Kopf, entschlossen, den Rest des Tages genau so liegen zu bleiben.

»Nein«, murmele ich. »Ich werde nämlich niemals wieder in meinem Leben mit Theo oder Mike oder ihrer Mutter sprechen. Niemals. Wieder.«

»Wie du willst«, flötet Mama. »Dann wünsche ich dir viel Glück bei deiner Entschuldigung!«

Freitag.

Feiertag, das heißt schulfrei – und danach Wochenende!

Ich verbringe die meiste Zeit in meinem Zimmer, abgesehen von jeweils ein paar Stunden am Tag für Frühstück, Mittag- und Abendessen. Die übrige Zeit lese ich (Marisha Pessl und Wilkie Collins), lerne (für Geschichte), ordne meine DVD-Sammlung neu (nach Erscheinen) und wehre unzählige Versuche meines Bruders ab, herauszufinden, was Theo genau gesagt hat. Meinen Vorschlag, ihn selbst zu fragen, kommentiert er mit einem entsetzten Kopfschütteln.

Jedenfalls hat Mama völlig recht damit, dass ich mich entschuldigen sollte. Mich nach über drei Jahren wieder in Theos Leben zu wagen und gleich mit Granaten zu werfen, ist nicht gerade eine Meisterleistung. Und als ich am Sonntagabend kurz vor Mitternacht ins Bett falle, bin ich fast überzeugt, dass ich es tatsächlich schaffen werde, ihn ein weiteres Mal anzusprechen.

Fast.

Am Montagmorgen fällt mir als Erstes Mikes leerer Platz ins Auge, als ich das Klassenzimmer betrete. Natürlich ist sein Platz leer, so wie die meisten anderen um diese Uhrzeit. Nur wird seiner auch die nächsten Tage leer *bleiben*. Mikes Abwesenheit strahlt wie eine Taschenlampe bei Nacht, und ich frage mich, wie es ihm inzwischen geht. Seit dem Gespräch mit Theo habe ich nichts Neues mehr gehört. Von wem auch?

Und seit wann genau weißt ausgerechnet du, *was in der Schule erzählt wird?*

Ich blinzele die Erinnerung weg und werfe einen Blick in die Runde. Einige Schüler sind bereits da, sitzen über ihre Tische gebeugt und kritzeln eifrig auf ihre Blöcke. Wahrscheinlich schreiben sie die Hausaufgaben von jemandem ab, der gutmütig genug ist, sie ihnen zu überlassen. So wie ich früher.

Während ich zu meinem Pult laufe, heben zwei von ihnen – Lena und Luisa – den Kopf, mustern mich einen Moment und beginnen dann, demonstrativ miteinander zu tuscheln. Ich runzele verärgert die Stirn.

Ein halbes Jahr hat es mich gekostet, meinen Entschluss, auf Freunde zu verzichten, in der Schule durchzusetzen. Ausdauernder als jemals zuvor wurde ich danach bedrängt und sogar umschmeichelt, weil diesen Schmarotzern plötzlich ein Opfer fehlte, das sie aussaugen konnten wie Parasiten. Auf einmal half ihnen niemand mehr aus der Patsche, wenn sie den Unterrichtsstoff nicht kapierten.

Und damit nicht genug. Mit einem Mal war auch niemand mehr da, den man – zur Belustigung aller – hänseln konnte. Ich reagierte einfach nicht mehr. Weder auf das eine noch auf das andere.

Am Ende der neunten Klasse gaben sie sich schließlich mit einem Waffenstillstand zufrieden. Ich war langweilig geworden. Seitdem verhalten sie sich im Normalfall, als ob ich nicht existieren würde, und umgekehrt genauso. Für gewöhnlich widmet mir also kaum jemand Aufmerksamkeit, wenn ich einen Raum betrete, und ich lasse mich im Gegenzug von der Welle völligen Desinteresses in eine mir allein vorbehaltene Zwischenwelt spülen. Lena und Luisa sind die Einzigen, die diesen hart erkämpften Frieden alle paar Wochen brechen, und jedes Mal trifft es mich unvorbereitet.

Ich bemühe mich, mein Unbehagen zu überspielen, indem ich so tue, als hätte ich ihr Getuschel nicht bemerkt, greife nach meinem Stuhl – und halte mitten in der Bewegung inne.

Theo ist einer derjenigen, die vor mir hier waren. Kaum zu glauben, schafft er es doch sonst bestenfalls zum Läuten. Selbst als wir noch gemeinsam zur Schule gelaufen sind – als wir noch beste Freunde waren und nicht bloß Nachbarn –, ist er nicht ein einziges Mal vor mir im Klassenzimmer gewesen. Irgendetwas oder irgendjemand hat ihn immer daran gehindert.

Aber da liegt er nun, die Arme auf seinem Pult verschränkt und den Kopf darauf abgelegt, sodass man nichts als seine verstrubbelten Haare erkennen kann. Um Hausaufgaben abzuschreiben, ist er also nicht hier. Hätte mich auch gewundert. Stattdessen scheint er ziemlich tief zu schlafen. Sein Rücken hebt und senkt sich in regelmäßigen Zügen, und wenn man genauer hinsieht, kann man –

Plötzlich wird mir bewusst, dass ich ihn anstarre, als wäre er ein Tier in einem Käfig, während alle anderen im Raum inzwischen *mich* anstarren. Rote Glut sickert in meine Wangen. Ich ziehe meinen Stuhl zurück, setze mich und mache mich so klein wie möglich, um die Aufmerksamkeit von mir abzulenken.

Heute wird der Frieden an mehreren Fronten gebrochen.

Das Klassenzimmer füllt sich langsam, und je mehr Leute dazukommen, desto mehr konzentriert sich das allgemeine Interesse auf Theo. Die meisten werfen besorgte Blicke nach hinten. Einige flüstern miteinander, und mit jedem Satz schwebt einmal mehr Mikes Name durch den Raum. Nur Tobias, unser eins achtzig großer Klassenproll, kann es sich nicht verkneifen, einen dummen Kommentar abzugeben, als er mit seinen zwei Schoßhündchen Sarah und Pierre durch die Tür marschiert.

»Ah, fängt Miller Nummer zwei auch schon an?« Er grinst breit, sein kleiner Hofstaat lacht, und das Geräusch schwappt über die Sitzreihen hinweg durch das Zimmer.

Falls tatsächlich noch jemand daran gezweifelt hat, dass Mike bei seinem Unfall betrunken war, dürfte sich das hiermit erledigt haben.

»Oder ein Glücksbringer zu viel gestern?«, flötet Sarah.

Irgendwo hinter mir ertönt ein genervtes Stöhnen, und jemand zischt: »Warum haltet ihr nicht einfach die Klappe, ihr Idioten?«

Zustimmendes Gemurmel vom Rest der Klasse.

Ich ziehe die Stirn kraus, warte, bis Tobias, Sarah und Pierre an mir vorbei sind. Dann schiele ich vorsichtig nach hinten. Ich bin neugierig, wie Theo darauf reagiert, will wissen, was das zu bedeuten hat. Doch der kriegt von dem ganzen Getue gar nichts mit. Er liegt noch immer auf seinem Tisch und schläft.

Aus den Augenwinkeln sehe ich, wie Lena Tobias den Finger zeigt, ehe sie aufsteht und sich zwei Reihen weiter zu Theo hinüberschlängelt. Ein besitzergreifendes Lächeln spielt um ihre Lippen, als würde sie ihr schönstes Spielzeug betrachten.

Im nächsten Moment lässt sie einen Block neben Theos Kopf fallen. »Hier, deine Hausaufgaben, Süßer!«, trällert sie, und Theo schreckt hoch, schaut sich orientierungslos um. Lena beugt sich weit nach vorn über sein Pult.

Ich will wegsehen, weil ich keine Lust darauf habe zu erfahren, was sie als Nächstes tut und ob es sich wieder wie Säure in meinen Hirnwindungen anfühlen wird, wenn sie ihn berührt. Aber ich schaffe es nicht. Stattdessen schaue ich zu, wie sie vorsichtig mit einer Hand durch sein Haar fährt, einmal, zweimal. Erst als er sich zurücklehnt, sich ihrer Hand entzieht und sie verwirrt anblickt, lässt sie von ihm ab.

»Passt schon«, murmelt er und lässt den Kopf erneut auf das Pult sinken, diesmal jedoch so, dass ich sein Gesicht sehen kann.

Er wirkt ausgelaugt, seltsam hohl. Als hätte sich das Selbst in seinem Körper weit zurückgezogen. Tiefe Schatten liegen unter seinen Augen und verraten, dass er die letzten Tage nicht besonders viel Schlaf abbekommen hat. Oder gar keinen. Eine Weile fixiert er einen Punkt vorn im Raum und blinzelt dabei gelegentlich träge, als könne ihn der allmählich einsetzende Lärm nicht davon abhalten, noch einmal einzuschlafen.

Seit Theo wach ist, kümmert sich plötzlich jeder angestrengt um seine eigenen Angelegenheiten. Niemand wirft ihm mehr neugierige Blicke zu, alle halten fast schon respektvoll Abstand.

Ich will mich gerade ebenfalls abwenden, da sieht er mich an.

Ich warte auf eine Regung, irgendetwas, das mir verrät, was er denkt. Aber es kommt nichts. Nicht der Hauch einer Emotion zeichnet sich auf seiner Miene ab. Vielleicht ist dieses Nichts mittlerweile seine Antwort darauf, wenn ihm etwas oder jemand gegen den Strich geht. Mir wird übel beim Gedanken daran, dass ich mich eigentlich bei ihm entschuldigen wollte. Doch ein nichtssagender Blick von ihm genügt, um meinen mühsam über Tage zusammengesammelten Mut innerhalb eines Atemzugs in der Atmosphäre verdampfen zu lassen.

Vielleicht warte ich mit der Entschuldigung einfach noch ein bisschen.

Nach der Pause eine Stunde Biologie und danach eine Freistunde, in der ich mir meinen Aufsatz für Englisch durchlese, dreimal hintereinander. Das hindert mich am Grübeln. Ich könnte auch in die Stadtbibliothek gehen, mit Peter reden, mir etwas ausleihen. Aber noch ein Buch auf einem der Stapel neben meinem Bett, und das ganze filigrane Gebilde stürzt vermutlich in sich zusammen.

Stattdessen schleiche ich ein wenig auf dem Schulhof herum und halte inne, als ich auf einer Sitzbank die letzte Ausgabe der Schülerzeitung entdecke. Es ist die erste seit einer Ewigkeit, die ich in den Händen halte. Ich blättere sie durch, nur um festzustellen, dass ich in all den Jahren nichts verpasst habe. Die Leute, die abgebildet sind, sind zum größten Teil die gleichen wie damals. Von Theo finde ich sogar zwei Bilder: Auf einem ist er mit seinem Schwimmteam zu sehen, auf dem anderen zusammen mit Mike. Sie tragen beide Kittel und Schutzbrillen und beugen sich im Chemieunterricht über eine Flasche mit einer rauchenden Substanz darin. Mike grinst verschmitzt in die Kamera, während Theo nachdenklich ins Leere starrt. Ich lese die Bildunterschrift und schüttele fassungslos den Kopf. *Unsere explosiven Zwillinge* – wie einfallsreich.

Als die Glocke schrillt, lege ich die Zeitung zurück und kämpfe mich am Rand des Stromes hinausdrängender Schüler ins Gebäude hinein. Immer zwei Stufen auf einmal nehmend, sprinte ich die Treppe hoch in den dritten Stock, wo ich die nächsten zwei Stunden Geschichte über mich ergehen lassen muss. Geschichte und ich, das ist wie ein Pinguin am Nordpol. Ich kann problemlos alle Mitosestadien aufzählen oder den Binomialkoeffizienten berechnen, doch wenn mich jemand nach Napoleons Geburtsdatum oder einem seiner Kriege fragt –

Ich pralle frontal gegen eine blaue Wand. Obwohl, eine Wand gibt nicht nach, wenn du dagegenläufst, und greift auch nicht nach deinem Arm, wenn du beinahe die Treppe rückwärts wieder hinunterpolterst.

Ich kralle mich mit einer Hand ans Geländer und mit der anderen an das Nächstbeste, was ich zu fassen bekomme: den Ärmel eines dunkelblauen Longsleeves. Der Stoff gibt ein ratschendes Geräusch von sich, meine Fingernägel graben sich in Haut.

»Au, verdammte Scheiße!«, flucht Theo und lässt sein Handy sinken. Dann hebt er es hastig zurück an sein Ohr. »Warte mal«, sagt er, ohne mich aus den Augen zu lassen.

Ich kann zusehen, wie die anfängliche Wut aus seinem Blick verschwindet und erneut dieser brennenden Leere Platz macht. Als ob jedes Mal, wenn wir uns begegnen, seine Emotionen neutralisiert werden würden. Am liebsten würde ich ihm einen dummen Spruch ins Gesicht fauchen, irgendetwas, nur um diesmal eine Reaktion zu *erzwingen*. Aber natürlich mache ich das nicht. Stattdessen starre ich ihn entgeistert an.

»Alles in Ordnung?«, fragt er jetzt.

Ich erwidere nichts, weil ich nicht weiß, ob er mit mir spricht oder mit der Person am Telefon.

Theo legt den Kopf ein wenig schief und hebt abwartend die Augenbrauen.

»Meinst du mich?«, presse ich schließlich hervor.

Er lässt das Handy ein zweites Mal sinken. »Du bist doch gerade in mich reingerannt, oder etwa nicht?«

Ich nicke. Nicken ist ungefährlich.

»Gut, dann meine ich tatsächlich dich.«

Ich berühre die Stelle an meiner Stirn, wo ich gegen seine Brust geprallt bin, aber es tut nichts weh.

»Ja, denke schon«, sage ich. »Und bei dir?«

Ein Schatten flackert über sein Gesicht, so schnell, dass ich nicht sicher bin, ob ich ihn mir vielleicht nur eingebildet habe.

»Alles bestens«, antwortet Theo und lässt meinen Arm los. Seine Augen rutschen nach unten, zu meinen Fingern, die sich noch immer in den Ärmel seines Pullovers krallen.

Ich lasse ebenfalls los.

Sobald Theo frei ist, geht er einen Schritt zur Seite, wartet kurz, und als ich mich nicht vom Fleck rühre, läuft er an mir vorbei. Zwei Stufen tiefer spricht er bereits wieder in sein Telefon.

Vor dem Klassenzimmer bleibe ich stehen.

Giegerich, unser Geschichtslehrer, sitzt bereits am Pult und blättert in seinen Unterlagen. Ich zögere noch, den Raum zu betreten, als er mich bemerkt. Er hebt den Kopf, lächelt.

»Mina«, sagt er. »Komm ruhig rein.«

Mit abwartender Miene sieht er mich an, ich starre unschlüssig zurück. Und dann hole ich tief Luft.

»Eigentlich bin ich nur gekommen, um mich zu entschuldigen«, murmele ich mit leidender Stimme.

Giegerich runzelt die Stirn. »Was ist denn los?«

»Mir ist ziemlich übel. Ich denke, ich gehe besser, bevor ich jemanden anstecke.«

Die Jahre als stille Beobachterin haben durchaus ihr Gutes. Vielleicht hätte ich sonst nie herausgefunden, dass ein Wort wie *Ansteckung* in einer Schule derart überirdische Macht besitzt und wie eine Waffe benutzt werden kann.

Giegerich lehnt sich auf seinem Stuhl zurück und verzieht den Mund. Na also.

»Oje«, seufzt er, »Theo hat sich auch schon mit Magenkrämpfen abgemeldet.«

Zum zweiten Mal an diesem Tag schießt mir Blut ins Gesicht, und ich lasse hastig den Kopf sinken, um es zu überspielen.

Giegerich deutet es allerdings als Zeichen meiner Übelkeit und hebt die Hände. »In Ordnung, den gelben Zettel kannst du ja nachreichen. Ab nach Hause mit dir.«

Im ersten Moment kann ich kaum glauben, dass ich ihn tatsächlich belogen habe. Es fühlt sich fremd an und womöglich deshalb irgendwie gut. Ich grinse, während ich die Stufen wieder hinabrenne. Unten angekommen, haste ich die Gänge entlang Richtung Ausgang. Und dann bin ich draußen, inmitten all der Schüler, die die letzten Minuten ihrer Pause ausschöpfen. Die Sonne blendet mich, und kurz bin ich unschlüssig, ob ich das Richtige tue. Aber ich weiß, dass ich mich bei Theo entschuldigen *muss*.

»Hey, Nerd!« Tobias, unser klasseneigener Wikingertroll.

Keine Ahnung, wie er es in die Oberstufe geschafft hat, wenn er nicht einmal dieses eine Wort richtig aussprechen kann. Bei ihm klingt es wie Nöööörd.

»Was machst du denn hier? Normalerweise hockst du um diese Zeit doch bösartig knurrend auf dem Fensterbrett im Biosaal.«

Sarah und Pierre, die mit ihm neben dem Eingang herumlungern, lachen amüsiert.

»Vielleicht hat sie sich dort was eingefangen!«, ruft Pierre. »Pass auf, dass sie dich nicht beißt!«

Ich sehe ihn mitleidig an. »Selbst ich habe meinen Stolz«, sage ich und stapfe davon.

3

Unzählige Augenpaare bohren sich in meinen Rücken, während ich den Schulhof überquere. Eine Decke aus Geräuschen legt sich über meine Gedanken und zwingt mich, mit jedem Schritt ein wenig schneller zu laufen, bis ich den Pausenhof endlich hinter mir gelassen habe. Ich biege in Richtung Parkplatz ab, folge dem Zaun, der den Weg vom Schulgelände trennt – und bleibe stehen. Keine zehn Meter vor mir, auf einer der abgenutzten Parkbänke, sitzt Theo. Er hat sich weit nach vorne gebeugt, die Ellbogen auf seinen Oberschenkeln abgestützt, und starrt scheinbar abwesend vor sich hin. Erst als ich näher komme, erkenne ich das Telefon in seinen Händen. Er tippt konzentriert darauf herum.

»Theo.«

Er hebt den Kopf, schaut mich an, als hätte ich ihn aus den tiefsten Träumen gerissen.

»Kann ich kurz mit dir sprechen?«

Seine linke Augenbraue zuckt nach oben. Nach ein paar letzten Klicks auf das Display steckt er sein Handy in die Hosentasche und richtet sich auf. Er mustert mich, wartet, dass ich etwas sage. Im Hintergrund läutet die Schulglocke, die Pause ist vorbei.

»Sonst noch was?«, fragte er nach einer Weile, und als ich nicht antworte: »Falls du deswegen hier bist …« Er bewegt den Arm, in den ich vorhin meine Fingernägel gegraben habe, zeigt mir den zerrissenen Ärmel, und der Knoten in meinem Hirn zerspringt.

»Ich will mich entschuldigen«, sage ich.

»Es ist ein *Pullover.*«

»Nicht deshalb. Am Donnerstag, auf dem Dach, das hätte ich nicht tun sollen.«

Er schaut mich ratlos an. Seine Augen sind so hell im Mittagslicht.

»Dinge über Mike behaupten, die mich nichts angehen«, fahre ich fort. »Ich weiß nicht, ob er was getrunken hat und deswegen unter das Auto gerutscht ist. Kann ja auch sein, dass er einfach müde war und nicht richtig aufgepasst hat. Immerhin war es ziemlich spät – oder eher ziemlich früh –, und er …«

Ich stoppe mitten im Satz und beiße mir auf die Unterlippe, damit kein einziges Wort mehr hervorquellen kann. Dieses Wasserfall-Sprechen ist mir schon ewig nicht mehr passiert. Noch etwas, von dem ich dachte, es wäre ein abgeschlossenes Kapitel meines Lebens.

Theo lässt den Arm sinken. Ich kann den Ausdruck auf seinem Gesicht nicht deuten, während er mich ansieht, aber das stört mich nicht im Geringsten. Wenigstens ist da endlich ein Ausdruck, nicht bloß nichts.

»Gibt es eine Kurzfassung?«, fragt er.

Ich nicke, schlucke den Wortgeysir hinunter und lasse nur einen Satz übrig. »Es tut mir leid.«

»Hmm.« Er legt den Kopf schief, beugt sich zur Seite. Ganz langsam zieht er die Mundwinkel nach oben, bis er schließlich breit grinst. »Und dafür schwänzt du Geschichte?«

Ich starre ihn an, sprachlos und mit offenem Mund. So lange, bis er lachen muss.

»Schon gut, entschuldige.« Er hebt beschwichtigend die Hände. »Ich wollte nicht wissen, welche Farbe deine Unterwäsche hat.«

Noch immer grinsend, schwingt er seinen Rucksack über die Schulter und steht auf. »Soll ich dich mitnehmen?«

Vielleicht habe ich alle Worte hinuntergeschluckt, die ich jemals zu ihm hätte sagen wollen? Ich finde nämlich keine mehr.

»Damit wollte ich andeuten, dass ich jetzt nach Hause fahre.« Er spricht langsam und deutlich, als würde er mit einem zweijährigen Kind reden. Ein bisschen komme ich mir auch so vor, denn ich habe keine Ahnung, was hier gerade passiert. »Und dass eine Menge Plätze in meinem Auto frei sind.«

Unter Aufwendung all meiner Konzentration bringe ich ein Krächzen zustande. »Ja.«

»Ja, *was*?«

»Ja, du sollst mich mitnehmen.« Das klingt komisch. »Ich meine, du …«

»Dann los.«

Er geht an mir vorbei, und ich werde mitgezogen wie ein winziges Boot im Kielwasser der *Titanic*. Nicht, weil er so viel größer ist als ich – uns trennen höchstens fünfzehn Zentimeter –, sondern weil er sich bewegt, als wüsste er, dass ich ihm folgen *muss*. Er hält den Kopf beim Laufen gesenkt, tippt wieder auf seinem Telefon herum. Deshalb übersieht er wohl auch die Gruppe von Mädchen, die noch auf dem Pausenhof steht und uns völlig entgeistert beobachtet. Ich lasse mich zurückfallen, bis ich ein paar Meter hinter Theo gehe, und versuche, mit der Umgebung zu verschmelzen, denn meine Dosis Aufmerksamkeit ist für die nächsten Monate schon weit überschritten. Doch alle Bemühungen, nicht aufzufallen, laufen heute scheinbar ins Leere.

Theo dreht sich um und runzelt die Stirn. »Was ist? Irgendwelche Probleme beim Laufen?«

Ich schüttele den Kopf. »Ich mag es bloß nicht, angestarrt zu werden wie ein Zyklop.«

Er wird langsamer, bis er schließlich neben mir läuft. Sein linker Arm, der mit dem kaputten Ärmel, streift meinen, und ich weiche einen Schritt zur Seite, um ihm Platz zu machen.

»Wer starrt denn?«, fragt er, während er neugierig seine Augen schweifen lässt. Dann deutet er mit einem Nicken nach rechts, hinüber zu den Mädchen. »Die da?«

»Ja«, murre ich. »Schau nicht so hin, als ob ich dir gesagt hätte, du sollst nicht hinschauen.«

»Bitte?«

»Schau einfach nicht hin.«

»Wieso nicht? Ich glaube, zwei von denen sind in meinem Schwimmteam.«

»Du glaubst?«, frage ich und schiele kurz an ihm vorbei.

»Ich kann mir Gesichter eben nicht besonders gut merken«, antwortet Theo schulterzuckend. »Aber falls du Bilder von ihnen hast, auf denen sie halb nackt sind …« Er lässt das Ende des

Satzes in der Luft hängen und grinst, als meine Ohren zu glühen beginnen. »Jedenfalls hast du ganz eindeutig zwei Augen. Also entspann dich.«

Ein Audi S3, nachtblau, mit Alufelgen und dunklen Sitzbezügen.

Seit Theo den Führerschein besitzt, kommt er jeden Tag mit diesem Auto zur Schule. Anfangs fand ich das völlig daneben, weil wir keine zwanzig Minuten zu Fuß entfernt wohnen und obendrein alle halbe Stunde ein Bus fährt. Aber wenn du darauf hinarbeitest, dass dir jemand egal ist, sollten seine Taten dir erst recht egal sein. Du darfst dich nicht darüber aufregen. Also habe ich aufgehört, mich darüber aufzuregen.

Dutzende Male ist der Audi an mir vorbeigefahren auf dem Weg zur Schule oder zurück. Aber darin gesessen habe ich bisher noch nie. Der Neuwagengeruch ist beinahe betäubend. Ich bemühe mich, unauffällig durch den Mund zu atmen.

»Wenn ich das richtig verstanden habe, darfst du eigentlich nur mit Begleitperson fahren, oder?«, frage ich, während ich nach dem Gurt taste. »Solange du nicht achtzehn bist?«

Theo lässt den Motor an und schlingt den rechten Arm um meine Sitzlehne, damit er beim Ausparken besser nach hinten sehen kann. Obwohl die Gefahr relativ gering ist, dass er mich dabei berühren könnte, verkrampft sich mein gesamter Körper. Ich verschränke die Hände in meinem Schoß und drücke so fest zu, dass die Knöchel weiß werden.

»Du bist doch dabei«, sagt Theo.

Er dreht sich wieder nach vorne – ohne mich zu berühren – und fährt vom Parkplatz.

»Ich denke nicht, dass das zählt.«

»Nein, wahrscheinlich nicht.«

Es dauert eine Weile, bis er eine Lücke im Strom der vorbeifahrenden Autos gefunden hat und auf die Umgehungsstraße abbiegen kann.

»Ich dachte eigentlich, ich komme um diese ›Begleitetes Fahren‹-Geschichte herum, wenn ich meinen Führerschein in den USA mache«, fügt er schließlich hinzu. »Deswegen waren Mike und ich den Sommer über bei unserem Vater. Hätte ich mir sparen können.«

Mir ist nicht einmal aufgefallen, dass sie so lange weg waren. Mein schlechtes Gewissen meldet sich mit einem lauten Grummeln.

»Das heißt, du fährst schwarz?«, frage ich, um es zum Schweigen zu bringen.

»Nicht schwarz«, erwidert Theo, »nur unerlaubt ohne Begleitung.« Er wirft mir einen amüsierten Blick zu und konzentriert sich dann wieder auf die Straße.

Ich mustere ihn nachdenklich. Man sollte meinen, mehr als drei Jahre sind Zeit genug, um sich zu ändern. Aber der Theo, der jetzt neben mir sitzt, scheint fast derselbe zu sein wie damals. Ich kann noch immer den Trotz in seinen Augen aufblitzen sehen, wenn ihm etwas nicht passt, spüre die »Wen juckt's?«-Aura, die ihn umgibt wie eine Blase. Und nach wie vor ist er sich seiner Wirkung auf die Außenwelt nicht bewusst. Schon früher habe ich mich gefragt, wie er das bloß macht, sich so unbekümmert in diesem Chaos namens Leben zu bewegen und dabei niemandem auf die Füße zu treten. Wer weiß, vielleicht hätte ich es eines Tages von ihm lernen können, hätte er nicht mit dieser –

»Irgendwelche Fragen?«, unterbricht Theo plötzlich meine Gedanken.

Ich schüttele heftig den Kopf. »Nein, nein. Ich musste nur eben daran denken, dass du dich überhaupt nicht verändert hast.«

»Dir ist wohl entgangen, dass ich inzwischen um einiges größer bin als du.«

Ein Lächeln stiehlt sich auf mein Gesicht. Jedes Jahr hat Theo auf dem Klassenfoto nachgesehen, ob er mich eingeholt hat. Erst am Ende der achten Klasse waren wir endlich gleich groß. »Sogar dein loses Mundwerk ist noch dasselbe.«

»Mein loses Mundwerk?« Er lacht. »Willkommen im einundzwanzigsten Jahrhundert. Hier sagen wir solche Sachen nicht mehr. Also, wenn du weiter an dieser Unsichtbarkeitsnummer arbeiten willst …«

Er hält an einer Ampel auf der Linksabbiegerspur, die uns in die Stadt bringen wird. Dieser Weg nach Hause ist zwar kürzer, dauert allerdings länger. Wenn Theo der Umgehungsstraße gefolgt wäre, hätte die uns am Ende des Wohngebietes ausgespuckt, kaum hundert Meter von unseren Häusern entfernt.

»Das bin ich jetzt wohl nicht mehr, unsichtbar«, murre ich.

»Wegen den Mädels vom Pausenhof?«

Ich schlage stöhnend die Hände vor dem Gesicht zusammen und rutsche ein wenig tiefer in den Sitz.

»Mach dir deshalb keinen Kopf. Mike und seine kleine Stunteinlage beanspruchen alle Aufmerksamkeit für sich. Spätestens morgen haben sie dich wieder vergessen.« Er wirft mir einen kurzen Blick zu. »Stell einfach deinen Tarnmodus auf hundert Prozent. Den hast du doch perfektioniert.«

Die Ampel springt auf Grün, und Theo gibt Gas. Ich weiß nicht, ob ich über seinen letzten Satz lachen oder weinen soll, und entscheide mich schließlich für die erste Option. Das Lachen klingt gepresst. Offensichtlich war es die falsche Wahl.

»Ich fürchte, der funktioniert inzwischen nicht mehr so gut«, nuschele ich durch meine Finger hindurch.

»Da mache ich mir keine Sorgen«, entgegnet Theo. »Mit ein bisschen Übung hältst du die Welt schon ganz bald wieder auf drei Meter Abstand. Mindestens.«

»Danke für deine aufmunternden Worte.«

Er grinst.

»Fehlt nur noch, dass du jemandem davon erzählst.«

Jetzt grinst er nicht mehr. »Wieso sollte ich das tun?«

»Keine Ahnung.« Ich hebe eine Schulter, lasse sie wieder sinken. Womit wir wieder beim Thema wären. »Wieso erzählen Leute Dinge über andere Leute? Wieso erzählen sie, dass Mike betrunken Rad gefahren ist?«

»Weil es stimmt.«

Weiter vorne zeigt ein Schild das Ende der Tempo-30-Zone an. Jetzt müssen wir nur noch den Berg hinauf ins Wohngebiet. Ich lasse meine Hände sinken und starre betreten geradeaus.

»Ich tue einfach so, als hätte ich das überhört«, murmele ich.

»Musst du nicht, es weiß doch ohnehin schon jeder.« Er benutzt die gleiche Geste wie ich vorhin, zuckt mit einer Schulter. »Du kannst aber gerne überhören, dass er zusätzlich high war.«

Ich verziehe das Gesicht, schließe die Augen, und plötzlich klingt mein glorreicher Satz von letztem Donnerstag wieder in meinen Ohren. *... beim Dritten sind schon Drogen im Spiel ...* Und gleich darauf folgt Sarahs Stimme: *Vielleicht ein Glücksbringer zu viel?* Oh. Oh, *verdammt.*

Ein Buch wäre jetzt gut. Eins, in das ich meine Nase stecken kann, bis es mich verschluckt und nicht mehr herauslässt. Ein Wurmloch als Alternative wäre auch in Ordnung.

»Dumm nur, dass so etwas spätestens dann im Hirn hängen

bleibt, wenn man es von zwei Seiten zu hören bekommt«, murmele ich und öffne meine Augen wieder.

Theos Kopf zuckt herum. Er sieht mich an, die Stirn in Falten gelegt.

»Tobias hat es mitbekommen«, füge ich hinzu, als er nichts erwidert. »Und das ist nicht gerade gut, wenn man etwas für sich behalten möchte.«

Theo nickt grimmig.

Eine Weile starren wir stumm auf die Straße, während ich darüber nachdenke, dass es schon früher so ähnlich abgelaufen ist, wenn einer der Zwillinge etwas angestellt hatte. Ich wusste es als Erste, weil Theo mir gegenüber nie den Mund halten konnte. Manchmal war ich sogar die Einzige, die es überhaupt erfahren hat, und Mike war jedes Mal unfassbar sauer, weil er dachte, ich würde petzen. Irgendwann hat er verstanden, dass ich durchaus den Mund halten kann, und sich damit abgefunden.

Nur ist heute nicht früher, sondern drei Jahre später, und es geht nicht um einen Kratzer in Opas Wagen, sondern um Drogen. Deshalb erfahre ich es heute weder als Erste noch als Einzige. Aber allein die Tatsache, dass …

»Wenn du dachtest, es weiß noch keiner, wieso verrätst du es dann ausgerechnet mir?«, frage ich leise, als wir in unsere Straße einbiegen.

Theo fährt die letzten Meter schweigend. Er hält auf dem Gehweg vor unserer Garage und bohrt mit den Augen riesige Löcher in die Frontscheibe, ehe er mich schließlich ansieht.

»Gute Frage.«

Vier Tage ist es nun her, dass ich Theo zuletzt gesehen habe, und allmählich mache ich mir Gedanken.

Zuerst war ich nur überrascht, als er am Dienstag und Mittwoch nicht zum Unterricht erschienen ist. Am Donnerstag hat sich diese Überraschung in Verwirrung gewandelt. Und jetzt, am Freitag, mache ich mir tatsächlich Gedanken.

Vielleicht geht es Mike schlechter? So schlecht, dass Theo lieber bei ihm bleibt, als in die Schule zu gehen? Er hat zwar behauptet, die Verletzungen könnten bei Weitem schlimmer sein, aber die Schatten unter seinen Augen, das Schwänzen und das ständige Herumfuchteln mit seinem Handy haben einen anderen Eindruck hinterlassen. Außerdem ist er am Montag gleich ins Krankenhaus weitergefahren, nachdem er mich zu Hause abgesetzt hat.

Auf dem Heimweg erzähle ich Marik davon, frage ihn, ob er etwas Neues weiß, doch er zerstreut meine Befürchtungen.

Angeblich soll Mike noch am Wochenende aus der Klinik entlassen werden. Ich lächle und wechsele dann schnell das Thema.

Aber während des gesamten Mittagessens und auch danach in meinem Zimmer geht mir die ganze Gebrüder-Miller-Story einfach nicht aus dem Kopf. Ich grübele darüber nach, wieso Theo mir trotz drei Jahren Funkstille Dinge über Mike erzählt, die mich nichts angehen, und was ich mit diesem Wissen nun anfangen soll. Ich frage mich, ob Celine von diesen Dingen weiß, und wenn ja, was sie dagegen unternimmt. Und ich suche nach Gründen, weshalb Theo nicht in der Schule war.

Erst am späten Nachmittag wird mir bewusst, dass ich seit unserem Gespräch auf dem Dach an nichts anderes mehr denke als daran, wie es früher war. Ständig tauchen seitdem Bilder aus dem Strudel schlechter Erinnerungen auf, die ihren faden Beigeschmack gar nicht verdient haben. Und obwohl ich weiß, dass es mich um Jahre zurückwerfen wird, habe ich das Gefühl, etwas unternehmen zu müssen.

»Wo gehst du hin?« Mama schiebt sich mit einem Berg Wäsche an mir vorbei, als ich gerade meine Schuhe anziehe.

»Kurz raus, mein Schädel zerplatzt gleich.«

Sie bleibt auf der Kellertreppe stehen, dreht sich um und sieht mich misstrauisch an.

»Was?« Ich greife nach meiner Jacke, meinem Schlüssel, meinem Handy.

»Ernsthaft?«

»Ja. Warum?«

»Ach …«, sagt sie und läuft langsam weiter. »Nur so.«

Ich weiß, weshalb sie mich so angesehen hat. Das Haus verlasse ich sonst nur, wenn ich zur Schule, zum Arzt oder in die

Bibliothek gehe – oder den Müll rausbringen muss. Nichts davon steht im Moment an.

»Ich bin zum Abendessen zurück!«, rufe ich ihr nach, und sie flötet ein »Ist gut!« nach oben.

Dann bin ich draußen.

Mein Weg ist nicht weit. Ich halte mich links, überquere erst unsere Einfahrt, danach die der Millers. Die Grundstücke sind nicht voneinander getrennt, weil weder meine Eltern noch Celine es je für nötig gehalten haben. Außerdem merkt man auch ohne Abtrennung genau, wo die Grenze verläuft. Papa achtet peinlich darauf, seinen Rasen spätestens alle zwei Wochen zu mähen und zweimal jährlich zu düngen. Der Rasen der Millers gleicht eher einer Wiese.

Das Garagentor steht offen, also werfe ich im Vorbeigehen einen kurzen Blick hinein. Celines Wagen steht dort, Theos nicht. Ich gehe weiter und biege hinter der Garage erneut nach links ab.

Wie ein vergessenes Stück Müll liegt die Leiter im Gras, klapprig und verrostet. Man sieht ihr nicht an, dass sie vor einer Woche noch benutzt worden ist. Ich bücke mich, schleife sie den Meter bis zur Garagenwand hinüber und richte sie dann vorsichtig auf. Sobald ich das Gefühl habe, dass sie stabil steht, klettere ich nach oben.

Vielleicht hätte ich vorher eine Kopfschmerztablette nehmen sollen.

Halb sechs.

Ich ziehe den Kragen meiner Jacke enger und schlinge meine Arme um die Knie. Trotz des sonnigen Wetters kühlt es jetzt gegen Abend schnell ab. Wahrscheinlich ist das normal für die

Jahreszeit, und ich weiß es bloß nicht mehr, weil ich geschlossene Räume gewöhnt bin. Mit Türen. Und Heizung.

Gegen sechs höre ich das Knarren einer Tür, einen Schlüssel im Schloss, und kurz darauf taucht Celine unter mir in der Auffahrt auf. Ihre Haare sind heller als die von Theo und Mike und reichen ihr bis zum Kinn. Sie trägt enge Jeans, ein kurzes Shirt und hat einen mangofarbenen Mantel über dem Arm hängen. Entweder macht Kälte den Millers nichts aus, oder ich bin wirklich total verweichlicht.

Ohne mich wahrzunehmen, läuft sie zur Mülltonne und wirft eine zugeschnürte Plastiktüte hinein. Es klirrt, als die Tüte auf dem Boden der Tonne auftrifft, und Celine lässt den Deckel zufallen. Dann dreht sie sich zur Garage um. Ich befürchte schon, dass sie mich doch noch entdeckt, als ein Wagen in die Einfahrt biegt und ihre Aufmerksamkeit beansprucht. Ein nachtblauer Audi S3.

Plötzlich fühlt es sich falsch an, hier zu sitzen und auf ihn zu warten. Ich mache mich klein, halte die Luft an, aber Theo schaut ohnehin nicht her. Er mustert Celine, die ihn mit einer Hand an der Hüfte erwartet.

»Na?«, fragt sie, sobald er bei ihr ist. Inzwischen überragt er sogar seine Mutter um einige Zentimeter. »Wo bist du gewesen?«

»In der Klinik, und danach beim Training«, sagt er. Seine Stimme klingt gereizt. »Ich hab dir geschrieben.«

Sie zuckt mit den Schultern. »Kann sein. Keine Ahnung, wo mein Handy schon wieder ist.«

»Super.«

Ich verziehe das Gesicht. Gibt es eine Steigerung von falsch? Lieber würde ich mich wegbeamen oder in Millionen winzige

Partikel zerfallen und mich davonwehen lassen, als nur eine Sekunde länger zuzuhören. Doch ich schaffe es nicht einmal, meinen Blick von den beiden abzuwenden.

»Und wo warst *du*?«, fragt Theo jetzt und reibt sich die Augen. »Ich hab den ganzen Tag auf dich gewartet.«

»Ja?« Sie scheint überrascht. »Wieso das?«

»Du wolltest mit Mike sprechen.«

Celine zögert einen Moment. Schließlich streckt sie die Hand aus, um ihm ein paar widerspenstige Haare hinters Ohr zu streichen. Aber Theo weicht zurück.

»Mein Gott, Theo«, sagt sie seufzend und lässt ihre Hand wieder sinken. »Nicht in der Klinik, habe ich gesagt. Ich werde vor den Leuten dort bestimmt keinen Streit anfangen, wenn Mike in ein paar Tagen ohnehin entlassen wird.«

»Bitte, ich will doch bloß –«

»*Nein.*«

Er vergräbt die Hände in den Hosentaschen, zieht die Augenbrauen zusammen. »Du hättest einfach gleich was unternehmen sollen. *Bevor* dieser ganze Mist passiert ist und *nachdem* ich dir erzählt habe, dass er sich was einwirft«, murmelt er. »Jetzt liegt er da drin, und alles geht den Bach runter.«

Eine Weile sehen sie sich schweigend an, dann dreht Theo den Kopf zur Seite und schiebt den Unterkiefer vor. Seine Wut versickert irgendwo zwischen Resignation und Hilflosigkeit im Nichts, nur ein Hauch von Trotz bleibt an seinen fest aufeinandergepressten Lippen hängen.

»Nichts geht den Bach hinunter«, erwidert Celine leise, eindringlich, als wolle sie ihn davon überzeugen, dass sie recht hat. »Ich werde mit ihm sprechen, das weißt du. Wir klären das schon.«

Theo lacht düster. »Darauf bin ich wirklich gespannt.«

Ich schließe die Augen, lasse meinen Kopf sinken. Falls es eine Hölle gibt, ist diese Situation hier der Grund, weshalb ich genau dort landen werde. Und falls die zwei sich noch weiter unterhalten und ich noch länger zuhöre, bekomme ich sogar einen Platz in der Nähe des Throns.

»Du glaubst mir nicht?«, fragt Celine.

»Ich weiß nicht mehr, was ich glauben soll. Jahrelang habe ich darauf vertraut, dass wir tatsächlich irgendwie alles *klären* werden.« Mit jedem Wort kämpft sich der Starrsinn in Theos Worte zurück. »Inzwischen geht es allerdings nicht mehr nur um dich.«

»Immer langsam, junger Mann.« Allmählich scheint Celine die Geduld zu verlieren. Eine kleine, scharfe Kante in ihrer Stimme schneidet die Luft in dünne Scheiben. »Als ob du nicht auch schon genug Blödsinn angestellt hättest!«

»Ich habe Außenspiegel abgetreten, Celine, keine Drogen genommen!«

Celine? Seit wann nennt er seine Mutter beim Vornamen?

»Und das habe ich genauso wenig durchgehen lassen, wie ich Mikes Dummheiten durchgehen lassen werde. Aber er verdient eine zweite Chance.«

»Eine *zweite* Chance?«

»Okay, das reicht jetzt. Ich werde nicht zulassen, dass ihn alle wie einen Verbrecher behandeln.«

Einen Moment lang herrscht Stille, und ich hebe vorsichtig den Kopf, schiele über meine Knie nach unten.

Theo sieht seine Mutter inzwischen wieder an, ein erschrockener Ausdruck liegt auf seinem Gesicht. »Ich habe nie behauptet, dass er kriminell ist«, murmelt er schließlich.

»Du vielleicht nicht«, entgegnet Celine. Auf ihren Wangen zeichnen sich hektische rote Flecken ab. »Aber scheinbar wissen alle, was das Beste für meinen Sohn ist. *Sozialstunden, Jugendhaft.* Kannst du dir vorstellen, wie es sich anfühlt, wenn sie so über dein Kind reden?«

Mit blanker Miene verfolgt Theo, wie Celine ihren Mantel überzieht, den Autoschlüssel aus einer der Taschen kramt und mit fliegenden Fingern ihren Kragen richtet. »Mike weiß sehr gut, dass das letzte Wort in dieser Sache noch nicht gesprochen ist. Also hör auf, dir meinen Kopf zu zerbrechen. Wir kriegen das hin, alle zusammen.«

Zweifel spiegeln sich auf Theos Gesicht. Er öffnet den Mund, doch anstatt etwas zu erwidern, holt er bloß tief Luft und nickt.

»Gut.« Celine streicht ihm durch die Haare, und diesmal lässt er sie gewähren. Als sie ihre Hand zurückzieht, stellen sich zwei Strähnen über seinem Ohr quer. Ein Grinsen beißt sich an meinen Mundwinkeln fest. Mit abstehenden Haaren wirkt er gleich viel weniger ernst.

»Ich muss los«, sagt sie. »Der Arzt will mich sprechen. Ich hoffe, dein Bruderherz hat nicht noch mehr angestellt, das ich ausbügeln darf.«

»Nicht, solange ich dort war«, antwortet Theo nun endlich.

»Natürlich nicht. Dafür bist du viel zu erwachsen.« Ich kann das Lächeln in ihrer Stimme hören. Sie legt den Kopf schief. »Ich sollte euch aneinanderketten. Vielleicht geht dann weniger schief.«

»Wahnsinnig tolle Idee.« Theo seufzt und reibt sich erneut die Augen.

»Freut mich, dass sie dir gefällt. Jetzt fahr dein Auto weg.« Celine dreht sich um und läuft zu ihrem Wagen. »Ach, und bevor ich es vergesse: Ab Montag gehst du wieder zur Schule, nur damit das klar ist.«

Einen Moment lang blickt Theo ihr nach, dann hebt er plötzlich den Kopf.

Ich weiß, dass du da oben sitzt.

Mein Grinsen rutscht ab, fällt auf die Ziegel und kullert in die Regenrinne.

Die Worte hätten nicht mehr in meinen Ohren dröhnen können, hätte er sie laut ausgesprochen. Er verengt die Augen zu winzigen Schlitzen, presst seine Lippen aufeinander, und erst als Celine ihren Wagen anlässt, wendet er sich ab, steigt in den Audi. Mir wird heiß, kalt, heiß und wieder kalt, während sein Auto aus der Einfahrt rollt – Theo macht sich nicht die Mühe, auf seine Mutter zu warten, sondern parkt gleich am Straßenrand –, gefolgt von Celines BMW. Sobald sie freie Fahrt hat, prügelt sie den Wagen die Straße hinunter. Theo dagegen kommt mit den Händen in den Hosentaschen über den Rasen auf die Garage zu.

Dieser Augenblick wäre sogar noch besser, um mich in nichts aufzulösen, meinen Tarnmodus auf hundert Prozent zu stellen, wie er es ausgedrückt hat. Aber irgendwo in mir legt ein Kurzschluss alles lahm.

Ich warte regungslos, bis Theo neben mir sitzt.

»Zwei Mal in acht Tagen?«, fragt er, zieht die Beine an und legt seine Arme auf den Knien ab. »Hört die Welt auf, sich zu drehen?«

»Ich hoffe nicht«, antworte ich um den riesigen Kloß in meinem Hals herum. »Das wäre das Ende der Menschheit.«

»Tatsächlich?«

»Ja. Die Wassermassen, die sich momentan am Äquator auftürmen, würden durch den Wegfall der Zentrifugalkraft in

Richtung Pole …« Zu viel Information. »Kurz gesagt, wir hätten einen neuen Superkontinent. Wahrscheinlich ohne Menschen.«

»Klingt wirklich verlockend«, entgegnet er, und seine Worte triefen geradezu vor Erschöpfung. Mit halb geschlossenen Augen massiert er seine Schläfen. »Neunzig Prozent davon kannst du ohnehin in die Tonne treten.«

Ich schweige.

»Wie läuft die Unsichtbarkeitsnummer?«, fragt er nach einer Weile und sieht mich mit hochgezogenen Augenbrauen an.

»Gut.« Zumindest in der Schule, füge ich in Gedanken hinzu und lächle bemüht. »Dass ihr ab Dienstag beide gefehlt habt, war meine Rettung.«

»Gern geschehen.«

Das eisige Blau seiner Augen verschwimmt, als sich seine Lider erneut darüber schließen. Plötzlich verzieht er das Gesicht und krümmt sich zusammen. Mit einem Ächzen stützt er die Stirn auf seine Handballen.

»Du hast Schmerzen«, bemerke ich überflüssigerweise.

Er dreht den Kopf, lacht, und das Eis versprüht Wärme. Ich kann nicht anders, als staunend hinzuschauen. Doch selbst sein strahlendstes Lächeln kann nicht darüber hinwegtäuschen, wie mitgenommen er aussieht. Seine Gesichtsfarbe könnte mit einer gekalkten Wand konkurrieren, und seine Kleider sind so zerknittert, als hätte er vergangene Nacht darin geschlafen.

»Und du hast meine Frage nicht beantwortet«, sagt er. »Zwei Mal in acht Tagen?«

»Oh. Ähm …« Ich rutsche zur Seite, versuche eine Sitzposition zu finden, in der ich mich weniger unwohl fühle. »Ich dachte, Mike geht es vielleicht schlechter, weil du nicht in der Schule warst. Deshalb wollte ich … ich hätte nicht einfach … ich …«

»Ich versteh schon«, sagt er. Langsam ziehen sich seine Augenbrauen zusammen, während er mich mustert, und dann sieht er kopfschüttelnd weg. »Obwohl, nein. Ich verstehe es nicht. Ich weiß zwar, dass es zusammenhängt, aber nicht, wie.«

»Was denn?«, frage ich leise.

»Mike und du. Sein Unfall und dein Auftauchen. Beides am gleichen Tag.« Er atmet tief durch, verschränkt seine Finger. »Bist du deswegen hier? Wegen Mike?«

»Nicht nur«, gebe ich kleinlaut zu. »Auch wegen –« Ich bringe es nicht über mich, dieses ›wegen dir‹. Deshalb beginne ich den Satz noch mal von vorn. »Ich wollte wissen, wie es *euch* geht, Mike *und* dir.«

»Mike geht es besser, danke.«

»Und dir?«

»Migräne«, murmelt er und blinzelt träge. Als würde das die Welt erklären.

»Ich wusste nicht, dass du Migräne hast«, antworte ich tonlos.

»Du weißt vieles nicht von –« Er stockt und beginnt seinen Satz ebenfalls von vorn. »Nein, falsch. Inzwischen weißt du mehr von mir, als mir lieb ist.«

Er sieht mich erneut an, und ich halte seinem durchdringenden Blick stand, obwohl sich alles in mir dagegen sträubt. Mit jeder Sekunde, die vergeht, habe ich mehr und mehr das Gefühl, das Leben würde aus seinen Augen tröpfeln. Schließlich senkt er die Lider und dreht sich im Sitzen herum. Gleich steht er auf, geht zur Leiter, und das Gespräch ist vorbei.

»Tut mir leid«, flüstere ich. »Ich bin sicher nicht hergekommen, um dich und deine Mutter zu belauschen.«

»Schon gut. Behalte es einfach für dich.«

Ich nicke. Er wirkt so müde – und mit einem Mal ergibt alles einen Sinn: dass er am Dienstag zu früh war und auf seinem Tisch eingeschlafen ist, dass seine Kleider so aussehen. »Und du hör einfach auf, dir die Nächte in der Klinik um die Ohren zu schlagen.«

Er runzelt die Stirn, seine Miene verdüstert sich. Dann steht er auf, geht zur Leiter, und das Gespräch ist vorbei.

Klar, dass mir die neugierigen Blicke von Marik und meinen Eltern beinahe Löcher in den Schädel bohren, als ich das Esszimmer betrete. Ich habe damit gerechnet. Ich habe seit drei Jahren das Haus zum ersten Mal allein verlassen, ohne dazu gezwungen gewesen zu sein – von den Besuchen in der Bibliothek einmal abgesehen. Neugierige Blicke sind das Mindeste, was ich zu erwarten habe.

Ich bin eine Viertelstunde zu spät zum Essen, aber das scheint keinen großartig zu stören. Mich zu fragen, wo ich war und was ich gemacht habe, traut sich niemand. Dabei ist das ein ungeschriebenes Gesetz der Familie Kaiser: Wenn du etwas genau wissen willst, frag nach.

Später sitzen wir noch eine Weile zusammen im Wohnzimmer. Papa blättert im *Praxishandbuch funktionelles Training für Physiotherapeuten*, während Mama und ich zusehen, wie Marik sich zweimal durch alle Programme zappt. Schließlich bleibt er bei einer BBC-Doku hängen. Ich kenne die Serie, habe jede Folge schon mindestens drei Mal gesehen. Trotzdem starre ich auf den Bildschirm und tue so, als ob ich gebannt zuhören würde. Dabei denke ich über parallele Nachbarwelten nach, und Nachbarn in Parallelwelten.

Merkwürdig, wie unterschiedlich das Leben funktionieren kann. Während ich in ein Familienidyll hineingeboren wurde, außerhalb dessen ich mittlerweile aber so ziemlich auf mich allein gestellt bin, läuft es bei Theo genau andersherum. Er ist einer der beliebtesten Schüler – nicht dass ihn das groß interessieren würde –, aber seine Familie wirkt, als hätte jemand in den letzten Jahren die Farbe abgekratzt. Wo früher wenigstens nach außen hin ein Idyll geherrscht hat, ziehen sich jetzt Risse bis zur Oberfläche.

Dass die Millers es nicht unbedingt leicht hatten, weiß nahezu jeder in dieser Stadt. Theos Vater hat die Familie verlassen, als die Jungs gerade mal zwei Jahre alt waren, und ist zurück nach Amerika gegangen. Die Leute behaupten, ihm wäre die Verantwortung zu groß geworden, immerhin war er – genau wie Celine – bei der Geburt der Zwillinge erst achtzehn. Jedenfalls bestanden die Millers für mich von Anfang an aus Celine, Mike und Theo. Den Eindruck, dass irgendwer fehlte, hatte ich nie, zumindest die Jungs vermissten ihren Vater nicht. Sie kannten ihn ja kaum. Und Celine machte einfach da weiter, wo sie vor der Schwangerschaft aufgehört hatte: Sie war das einzige Kind reicher Eltern. Ein äußerst rentabler Vollzeitjob, der viel Raum für Freizeit lässt. Früher schien ihr das gutzutun, schließlich konnte sie so eine Menge Zeit mit ihren Söhnen verbringen. Doch mittlerweile … Mittlerweile habe ich den Eindruck, als ob das auf die Dauer nicht genug war. Für keinen der drei. Dieser Unterton in Celines und Theos Stimmen heute, diese Gereiztheit und ihre Blicke – das passt absolut nicht zu meinen Erinnerungen. Genauso wenig wie Mikes Drogengeschichte. Seit wann wirft er sich irgendwelches Zeug ein? Und vor allem, *wieso*? Zugegeben, er war schon immer ein größerer Draufgänger als Theo. Bereits in der Grundschule ist er mehrmals von zu Hause ausgerissen, und wenn wir mit dem Fahrrad im Wald waren, hat er sich stets die gefährlichsten Abhänge hinabgewagt und nicht selten mit heftigen Verletzungen dafür bezahlt. Aber Drogen? Nein, Drogen hätte ich ihm nie zugetraut.

Gegen halb elf vergeht mir die Lust, so zu tun, als würde mich das Fernsehprogramm interessieren. Außerdem brummt mir vom vielen Nachdenken schon wieder der Kopf. Weil selbst eine heiße Dusche nicht dagegen hilft, wühle ich im Medizinschrank nach Schmerztabletten, bis Mama dazukommt und sie mit einem Griff herausfischt. Sie lächelt wehmütig, als ich eine hinunterschlucke.

Ich kann mich nicht erinnern, wann es mir zuletzt so schwergefallen ist, die Augen zu öffnen.

Als ich es endlich schaffe, einen Blick auf meinen Wecker zu werfen, zeigt der kurz nach zehn. Normalerweise bin ich samstags um die Zeit schon längst mit Mama beim Einkaufen. Wieso hat sie mich nicht geweckt?

Ich stehe auf, ziehe mich an und suche in meinem Schrank nach einem frischen Shirt, als es an meiner Zimmertür klopft.

»Mina?«, fragt Mama gerade laut genug, dass ich sie durch die geschlossene Tür hören kann. »Bist du wach?«

»Ja«, antworte ich gähnend. »Ist jemand im Badezimmer?«

»Nein. Allerdings …«

Ich hebe die Augenbrauen. Mama hat gezögert. Mama zögert *nie*. Sie ist einer der selbstsichersten Menschen, die ich kenne, und Zögern gehört nicht zu ihrem Verhaltensrepertoire.

Ich laufe in Unterwäsche zur Tür, reiße sie auf. »Was ist los?«

»Ähm …«

Da! Schon wieder. Unfassbar. Sie steht vor mir, lächelt hilflos und knetet ihre Hände dabei. Noch etwas, von dem ich nicht einmal wusste, dass sie es überhaupt kann.

»Was ist denn passiert?«, flüstere ich, weil ich das Gefühl habe, leise sprechen zu müssen. Als ob das Haus zuhören würde.

»Schätzchen, du solltest dich anziehen«, flüstert sie ebenso leise zurück. »Du hast Besuch.« Das unbeholfene Lächeln auf ihren Lippen verwandelt sich in ein Strahlen, das mich fast blendet.

Ich starre sie entgeistert an. Was soll das heißen, *Besuch*? Ich bekomme keinen *Besuch*.

Nach ein paar Sekunden schiebt sie mich zurück ins Zimmer. »Theo hat mich abgefangen, als ich vom Einkaufen gekommen bin.« Sie zwinkert mir verschwörerisch zu und ruft »Kleinen Moment noch, Theo!« nach unten.

»Okay«, hallt seine Stimme herauf.

Alles Blut in meinen Adern sickert aus meinen Zehenspitzen in den Teppich.

»Zieh dich an!«, zischt Mama, dann eilt sie die Treppe hinab in die Küche.

Ich kann hören, wie sie Schränke öffnet, mit Geschirr klappert. »Kaffee, Theo?«, fragt sie.

Das laute Kreischen der Kaffeemaschine reißt mich aus meiner Lähmung. Ich werfe die Tür hinter mir zu und verfalle in kopflose Panik.

Was um alles in der Welt will er hier?!

Ich wechsle zum zweiten Mal die Unterwäsche, ziehe den gleichen Pullover an, den ich gestern getragen habe, zerre ihn wieder über den Kopf, als es mir auffällt, suche einen frischen, ziehe den an. Danach schlüpfe ich in meine Jeans, hechte ins Bad. Zähne putzen. Haare kämmen und zum Pferdeschwanz binden. Eine halbe Dose Deo versprühen. Am liebsten würde ich duschen, obwohl ich das gestern Abend erst getan habe, aber ich kann Theo nicht so lange warten lassen. Zusammen mit meiner Mutter. In unserem Haus.

Mein Puls rast, als ich endlich nach unten gehe.

Er sitzt auf einem der Hocker an der Küchentheke, mit dem Rücken zu mir, und wenn ich es nicht besser wüsste, würde ich denken, da sitzt er jeden Tag. Er wirkt völlig entspannt, unterhält sich leise mit Mama, während ich das Gefühl habe, ein tonnenschwerer Wal würde meinen Brustkorb zerdrücken.

»… noch ein paar Tage schonen. Ansonsten wirklich gut«, sagt Theo und hebt seine Kaffeetasse an den Mund.

Er trägt Jeans, schwarze Sneakers und eine Collegejacke, auf deren Rücken die Initialen einer amerikanischen Universität gestickt sind. Seine Haare spielen Krieg auf seinem Kopf.

Einen Moment lang bin ich versucht, einfach zurück nach oben zu huschen, mich mit einem Buch im Bett zu verkriechen und die beiden hier sitzen zu lassen, als Marik hinter mir die Treppe hinabpoltert. Kurz bevor er in mich hineinrennt, bleibt er abrupt stehen.

»Oha«, sagt er und starrt an mir vorbei in die Küche.

Mama hebt lächelnd den Blick, Theo dreht sich um, und etwas in meinem Kopf zerplatzt. Mit einem Mal wird mir klar, dass es keine gute Idee war, zu ihm aufs Dach zu steigen und ihn wieder in mein Leben zu lassen. Ich habe ewig gebraucht, um ihn loszuwerden, weil er hartnäckiger war als all die anderen Mitschüler zusammen. Und nun sitzt er dort, trinkt Kaffee mit meiner Mutter und grinst, als wären die letzten Jahre komplett anders verlaufen.

»Überraschung«, raunt Marik mir ins Ohr.

Mein Ellbogen zuckt nach hinten, trifft ihn in der Magengrube, und er krümmt sich stöhnend zusammen.

Theo legt den Kopf schief. »Guten Morgen«, sagt er.

»Morgen«, erwidere ich zurückhaltend.

Marik röchelt hinter mir.

»Ich hoffe, ich habe euch nicht geweckt.«

»Nein.«

Er nickt, trinkt seinen Kaffee aus und bedankt sich so überschwänglich bei meiner Mutter, dass ihr Lächeln noch ein paar Watt zulegt. Dann erhebt er sich und kommt auf mich zu. Ich weiche zurück, eine Stufe nach oben, trete Marik dabei auf die Füße. Er flucht leise.

»Besser?«, fragt Theo, als er vor mir steht.

Nach über drei Jahren sind wir auf einmal wieder gleich groß.

»Bitte?«

Er streckt seine Arme zur Seite aus und macht ein Gesicht, als ob mir etwas Offensichtliches entgangen wäre. »Acht Stunden Schlaf, zwanzig Minuten geduscht, frische Kleider. Ich hatte ein Kompliment erwartet.«

Ich mustere ihn eingehend und sage dann vorsichtig: »Du siehst besser aus.«

Es stimmt, obwohl die Schatten unter seinen Augen nach wie vor da sind.

Er lässt seine Arme sinken, schüttelt lachend den Kopf. »Komplimente machen ist wirklich nicht deine Stärke«, erwidert er, geht zur Tür und öffnet sie. »Vielleicht solltest du unterwegs ein wenig üben.«

»Unterwegs wohin?«

»Ich will Mike abholen. Lust, mitzukommen?«

Ich mag keine Krankenhäuser. Weder den beißenden Geruch noch das überall vorherrschende Weiß, noch die Tatsache, dass jedes Möbelstück entweder aus Plastik oder Metall besteht, um es im Fall der Fälle abwischen zu können. Allein die Vorstellung, wie viele Tränen, wie viel Blut, wie viele Leben hier schon mit einem Lumpen weggeschrubbt worden sind – gruselig.

Mit gesenktem Kopf laufe ich Theo nach, an der gerade unbesetzten Pforte vorbei in Richtung Aufzug. Theo hämmert auf den Rufknopf, und während wir warten, wirft er mir einen kurzen Blick von der Seite zu, lächelt. Dann sieht er wieder nach vorne.

Seit sein Wagen von unserer Einfahrt gerollt ist, frage ich mich unentwegt, was zur Hölle ich da eigentlich mache. Fleißsternchen sammeln dafür, dass ich plötzlich Erwartungen erfülle? Immerhin hat Mama gestrahlt wie eine Lichterkette, als Theo mich gefragt hat, ob ich ihn begleite. Ich konnte nicht Nein sagen, es *ging* nicht. Und nun stehe ich in diesem blöden Krankenhaus und hasse mich dafür.

Die Fahrstuhltüren öffnen sich mit einem leisen *Pling*, Theo läuft hindurch und drückt im Vorbeigehen die Taste für die vierte Etage, Unfallchirurgie. Als das Lichtchen aufleuchtet, geht er weiter, macht mir Platz. Mit den Händen in den Taschen lehnt er sich an die seitliche Wand. Ich bleibe draußen. Die kleine leuchtende 4 ist wie eine Lichtschranke, an der ich mich nicht vorbeitraue.

Kurz bevor sich die Türen zwischen uns schließen, zuckt Theos Arm nach vorne, und er presst einen Finger auf den Knopf *Erdgeschoss/Ausgang*.

»Willst du laufen?«, fragt er.

Bestimmt denkt er, dass ich Angst vor Aufzügen habe. Dabei habe ich Angst davor, *mit ihm* dort drin zu sein. Angst, was

Mike davon halten wird, dass ich hier bin. Er war damals nicht gerade begeistert, dass ich den Kontakt zu Theo vom einen auf den anderen Tag abgebrochen habe, ohne zu erklären, weshalb. Und das hat er mir auch immer wieder deutlich zu verstehen gegeben. »Ich glaube, das ist keine gute Idee.«

»Laufen?« Theo blinzelt. »Nein. Deshalb stehe ich ja im Fahrstuhl.«

Eine ältere Dame in einem bestickten Bademantel schiebt sich an mir vorbei, bittet Theo, sie in den zweiten Stock zu bringen, und tastet suchend nach dem Handlauf. Sie trägt eine Brille, deren Gläser so dick sind wie Streichholzschachteln, und auf ihrem rechten Auge prangt ein Pflaster mit einem Bären darauf.

»Nichts lieber als das«, versichert Theo ihr lächelnd, hält mit einer Hand noch immer den Knopf gedrückt, damit die Türen offen bleiben, und zieht die Dame mit der anderen sanft zur Seite, bis sie den Handlauf findet. Dann sieht er mich an, hebt die Augenbrauen und formt stumm die Worte: »Kommst du?«

Ich verdiene mir ein weiteres Fleißsternchen.

Schweigend fahren wir die zwei Stockwerke nach oben, ich auf der einen Seite des Aufzugs, Theo und die Frau auf der anderen. Sie riecht nach Seife, keiner parfümierten, eher nach Kernseife, und trägt eine Plastiktüte mit Rätselheften in Großdruck. Auf dem Flur der zweiten Etage steigt sie aus, und sobald wir allein sind, wendet Theo sich mir zu.

»Keine Ahnung, ob das eine gute Idee ist«, sagt er, und mir rutscht das Herz in die Kniekehle. Darauf gibt es nichts zu erwidern. »Aber ich weiß auch nicht, ob sie schlecht ist. Also dachte ich, wir finden es einfach heraus.«

Ich lächle matt. »Großartig.«

Die Türen öffnen sich erneut, diesmal, weil wir im vierten

Stock angekommen sind. Theo geht an mir vorbei, bleibt in der Aufzugtür stehen und sieht mich an.

»Was ist das Problem?«, fragt er.

»Ich sollte nicht hier sein«, entgegne ich leise.

»Das fällt dir verdammt früh auf.« Er schüttelt ungläubig den Kopf. »*Du* bist doch zu mir gekommen und wolltest wissen, was passiert ist. *Du* hast am Donnerstag auf dem Dach gewartet und gefragt, wie es uns geht. Ich dachte, du *wolltest* mitkommen.«

Ich öffne den Mund, schließe ihn, öffne ihn wieder. »Ich habe versucht, nett zu sein.«

»Nett?« Theo lacht amüsiert. »Seit drei Jahren bist du nicht *nett*. Zu keinem von uns. Wieso jetzt auf einmal?«

»Wieso jetzt auf einmal *was*?« Mike.

Theos Kopf fährt herum. Er blickt in die Richtung, aus der Mikes Stimme gekommen ist. Als er mich wieder anschaut, liegt plötzlich Unsicherheit in seinen Augen. Er zögert noch einen Moment, und schließlich weicht er einen Schritt zurück, hinaus auf den Gang. So viel zu seinem Plan, herauszufinden, wie die Sache sich entwickelt.

»Mike«, sagt er, während die Türen sich zwischen uns schließen. »Warte kurz.«

Aber Mike will nicht warten. Gedämpft höre ich das schnell näher kommende Klacken von Krücken auf dem Linoleumboden, Mikes Nörgeln, weil Theo keine Anstalten macht, den Fahrstuhl aufzuhalten. Dann öffnen sich die Aufzugtüren auf einmal wieder, und Mike steht direkt vor mir.

Er starrt mich an, völlig entgeistert. Ich schrumpfe auf Golfballgröße, bis er schließlich den Kopf sinken lässt.

»Oh Mann«, seufzt er.

Wie hoch ist die Wahrscheinlichkeit, dass man tot umfällt, wenn man sich darauf konzentriert?

Ich gebe mir alle Mühe, aber Erfolg habe ich keinen. Nicht einmal die Light-Version, der schwache Herzanfall mit sehr guten Heilungschancen, ist mir vergönnt. Stattdessen stehe ich quicklebendig mit Theo und Mike im Aufzug und höre zu, wie sie sich über gelungene und verpatzte Überraschungen unterhalten. Meine Anwesenheit fällt eindeutig in die zuletzt genannte Kategorie.

»Ich bin sicher zu blöd, es zu kapieren«, sagt Mike und wirft mir einen scharfen Blick zu.

Ich würde ausweichen, wenn ich könnte, doch der Fahrstuhl ist auf einmal viel kleiner als noch ein paar Minuten zuvor. Uns bleibt kaum genug Luft zum Atmen.

Theo seufzt. Zum dritten Mal fährt er sich mit einer unruhigen Geste durch die Haare. Diese Bewegung, seine Mimik –

alles zeugt davon, wie gern er irgendwo anders wäre. Überall, bloß nicht hier. Zumindest das haben wir gemeinsam.

»Gott, Mike. Lass es gut sein«, murrt er und sieht plötzlich wieder genauso erschöpft aus wie in den Tagen zuvor. »Einigen wir uns einfach darauf, dass Mina wieder da ist.«

»Oh, toll«, erwidert Mike. »Ich kann dir gar nicht sagen, wie begeistert ich davon bin.« Damit dreht er sich zu mir herum. Er ist genauso groß wie Theo, hat die gleichen kantigen Gesichtszüge, die gleichen dunklen Haare. Doch während Theo wirkt, als würde er gleich zerfließen, vibriert Mike geradezu vor geballter Ablehnung.

Ich wünsche mir, dass der Boden sich auftut. Lieber würde ich in den Aufzugschacht stürzen, als Mikes Blick zu ertragen.

»Was machst du hier?« Zum ersten Mal spricht er mich direkt an.

Er klingt gereizt und sieht auch alles andere als gelassen aus, wie er so über seine Krücken gebeugt dasteht und mich anfunkelt. Sein rechtes Bein ist bis zum Knie eingegipst. Am auffälligsten jedoch ist die Schürfwunde auf seinem tiefblau gefärbten Wangenknochen. Sie wirkt wie eine zusätzliche Dimension auf seinem Gesicht, eine zusätzliche *falsche* Dimension.

»Sie hört sich deine Beleidigungen an«, antwortet Theo für mich.

Mike zieht verärgert die Stirn kraus. »Kann sie nicht sprechen?«, fragt er, und an mich gewandt: »Kannst du nicht sprechen?«

»Ich höre mir deine Beleidigungen an«, erwidere ich achselzuckend.

Mikes Ausdruck verrät, dass er mich im Geiste skalpiert, während Theo angestrengt versucht, sich ein Grinsen zu verkneifen. Als ich ihn ansehe, wendet er sich ab. Einen Augenblick lang herrscht Stille in unserem winzigen Blechkasten, dann öffnen sich die Aufzugtüren, und Theo flüchtet geradezu nach draußen. Mike und ich stehen wie festgefroren da und starren ihm nach.

»Vollpfosten!«, ruft Mike schließlich, als ihm klar wird, dass Theo nicht zurückkommt, und bückt sich schwerfällig nach seinem Gepäck.

Er zerrt das Zeug lieber unter Schmerzen an seinen Krücken nach oben, als mich um Hilfe zu bitten. Nachdem es ihm zum zweiten Mal heruntergerutscht ist, gebe ich mir einen Ruck, nehme ihm die Reisetasche ab und hebe die Laptop-Tasche vom Boden auf.

»Los«, sage ich und deute mit einem Nicken auf die Türen. »Ich habe keine Lust, ewig hier zu stehen.«

»Hat dich ja niemand gebeten«, giftet er zurück, setzt sich jedoch sofort in Bewegung. Scheinbar hat er es ebenso eilig wie ich, diesen Ort zu verlassen.

Während er vor mir zum Ausgang humpelt, fällt mir auf, dass sein Jogginganzug mindestens eine Nummer zu groß ist. Weil er sich im Gegensatz zu Theo kaum etwas aus Sport macht, war Mike zwar schon immer der Zierlichere der Zwillinge, aber inzwischen wirkt er beinahe schmächtig. Er hat abgenommen in den letzten Monaten. Meine Kehle schnürt sich zu beim Gedanken daran, dass das mit dem Zeug zusammenhängen könnte, was er genommen hat. Auch wenn wir das Thema Drogen in der Schule mehrfach durchgenommen haben, habe ich schlagartig das Gefühl, nicht genug darüber zu wissen, und dieses Gefühl behagt mir nicht. Genauso wenig wie die Vorstellung, dass Mike sich – vielleicht seit Monaten! – irgendetwas einwirft und ich es nicht mitbekommen habe. Ich war mit ihm zwar nie so eng befreundet wie mit Theo, aber wir gehen seit Jahren auf die gleiche Schule und haben früher fast jeden Tag miteinander gespielt, seit wir ohne Hilfe im Sandkasten sitzen konnten. Wir waren Freunde!

»Trotzdem würde ich gerne den Grund erfahren«, sagt er plötzlich und reißt mich damit aus meinen Grübeleien. »Hast du nach so langer Zeit etwa Sehnsucht bekommen?«

Er hält vor der Glastür, wartet, dass ich sie ihm öffne. Ich drücke mich hindurch und halte sie mit dem Fuß auf. Als er neben mir steht, hebt er fragend die Augenbrauen.

»Nicht direkt«, antworte ich ausweichend.

Er mustert mich misstrauisch. »Beruhigend«, murmelt er dann und humpelt weiter. »Hoffentlich verpfuschst du es nicht gleich wieder.«

»Das sagt der Richtige.«

Von all meinen schlechten Reaktionen in den letzten Tagen war das definitiv die allerschlechteste. Ich ziehe eine Grimasse, schließe kurz die Augen und überlege, ob ich ein Schweigegelübde ablegen sollte. Und jedes Mal, wenn ich dagegen verstoße, verpasst mir jemand über ein Stromhalsband einen ordentlichen Schlag.

Mike sieht mich mit einem Ausdruck an, der es schwer macht, nicht vor ihm zurückzuweichen. Auch wenn ich nicht damit gerechnet habe, dass er mich mit offenen Armen empfängt, verunsichert mich seine angestrengte Feindseligkeit doch ein wenig.

»Ich glaube nicht, dass gerade du das Recht hast, über mich zu urteilen«, zischt er und stapft weiter.

Der Weg zum Parkplatz führt bergauf, trotzdem habe ich Mühe, mit Mike Schritt zu halten. Dabei würde ich am liebsten sein ganzes Zeug fallen lassen, mich umdrehen und nach Hause laufen.

»Mein Leben geht dich einen Dreck an, damit das klar ist.«

Oben angekommen, bleibt er stehen und sieht sich mit Grabesmiene nach Theos Wagen um.

Keine halbe Minute später hält der Audi direkt vor unseren Füßen. Theo steigt aus, nimmt mir das Gepäck ab, wirft es in den Kofferraum und hilft seinem Bruder beim Einsteigen. Sobald er die Beifahrertür geschlossen hat, kommt er auf mich zu.

»Danke fürs Helfen«, sagt er. »Tut mir leid, dass ich einfach abgehauen bin.«

»Das sollte es auch. Möglicherweise hätte ich nicht alles vermasselt, wenn du dabeigeblieben wärst.«

Er schiebt die Hände in die Hosentaschen, zieht die Stirn fragend kraus. »Was ist passiert?«

»Der Freak hat versucht, mich zu belehren«, ruft Mike aus dem offenen Seitenfenster heraus. »*Das* ist passiert.«

Mein Herz setzt einen Schlag aus. Das ist das erste Mal, dass einer der Millers mich so nennt. Ich blinzele hektisch gegen die aufsteigenden Tränen an und hasse mich dafür, dass ich heute Morgen nicht meinem Drang gefolgt und zurück ins Bett gegangen bin.

»Mike!«, faucht Theo, ohne seinen Blick von mir zu lösen.

»Was?«

»Halt die Klappe!« Nachdem er mich eine Weile nachdenklich betrachtet hat, zieht Theo langsam einen Mundwinkel nach oben. Dieses blöde schiefe Grinsen macht es noch viel schlimmer.

»Zehn Minuten«, flüstert er. »Höchstens zehn Minuten habe ich euch allein gelassen. Wie schaffst du das?«

Ich zucke mit den Schultern, hebe meine Hände, wackele mit den Fingern. »Schwarze Magie?«

Er lacht, läuft zur Fahrerseite und kippt den Sitz nach vorne. »Steig ein«, sagt er. »Aber vielleicht versuchst du die nächsten paar Minuten mal, nicht zu zaubern.«

Ich verhalte mich ruhig, bewege mich kaum. Auch wenn meine Unsichtbarkeitsnummer nicht mehr zuverlässig funktioniert, kann ich dennoch so tun als ob. Zumal Mike mir nach Kräften dabei hilft, indem er mich demonstrativ ignoriert. Einzig Theos ständige Blicke in den Rückspiegel beweisen, dass ich eben *nicht* unsichtbar bin.

Seit wir im Auto sitzen, unterhält er sich mit Mike über derart belangloses Zeug, dass ich irgendwann angefangen habe, die Häuser zu zählen, an denen wir vorbeifahren. Wenn sie so tun wollen, als wäre alles in Ordnung, bitte, sollen sie. Sobald ich aus dem Wagen heraus bin, ist diese ganze Geschichte hier für mich ohnehin erledigt. Back to normal.

Mama wird es hassen.

Damals war es eine Riesengeschichte für sie, als ich mich zu guter Letzt auch noch von Theo abgewandt habe. Bis dahin hat sie halbtags bei meinem Vater in der Praxis gearbeitet und sich um den Bürokram gekümmert. Doch weil ich immer öfter heulend von der Schule kam, hat sie vom einen auf den anderen Tag alles an den Nagel gehängt und sich nur noch um Haushalt und Kinder gekümmert, während Papa sich einen Monat unbezahlten Urlaub genommen hat. Wir haben Tausende Gespräche zu dritt geführt, sie haben sich mit meinen Lehrern unterhalten, mich zu Psychologen geschleift – das volle Programm. Das einzige Ergebnis dieser Odyssee war die Erkenntnis, dass mich Dinge langweilen, die Leute in meinem Alter normalerweise interessieren, und ich deshalb unfähig bin, mich damit zu beschäftigen. Ein gefundenes Fressen für die beißwütige Teenie-Meute. Ich war froh über den Freifahrschein für meine Außenseiterrolle, aber meine Mutter glaubt, nicht genug getan zu haben. Es gefällt ihr nicht, dass ich kein typischer Teenie bin und inzwischen damit abgeschlossen habe.

Als ich bei Haus Nummer vierundzwanzig ankomme, fällt das Wort »*Dad*« im Gespräch vor mir. Plötzlich klingt Theo so ernst, dass ich mich verzähle und innerlich fluchend aufgebe.

»Du kannst bloß hoffen, dass Celine ihm nichts erzählt.«

»Wird sie nicht, das weißt du«, knurrt Mike. »Können wir jetzt *bitte* endlich aufhören, ständig darüber zu reden? Ich hab mich entschuldigt, okay? Ungefähr tausend Mal. Aber langsam hab ich echt keine Lust mehr.«

Er verschränkt die Arme vor der Brust, doch Theo denkt gar nicht daran, das Thema zu wechseln.

»Tja«, sagt er mit einem bitteren Lächeln auf den Lippen, »und ich hab langsam keine Lust mehr, dabei zuzusehen, wie du immer wieder gegen die Wand rennst. Und mit jedem Mal wird die Mauer dicker, bis du dir irgendwann den Kopf einschlägst. Nicht besonders prickelnd, die Vorstellung.«

Immer wieder. Die Worte hallen in meinen Gedanken nach, und ich frage mich nicht zum ersten Mal, seit wann diese ganze Sache überhaupt läuft – und vor allem, *weshalb.*

Mike erwidert nichts, starrt nur schweigend geradeaus. Obwohl sein Widerwillen deutlich spürbar ist, fährt Theo unbeirrt fort. »Außerdem – eine Entschuldigung? Ernsthaft? Allmählich solltest du dir was anderes einfallen lassen, selbst für Celine.«

»Ach komm, was soll sie schon machen?«

»Ich weiß nicht.« Theo zuckt mit den Schultern. »Vielleicht hat der *Sozialarbeiter* ja noch ein paar Vorschläge.« Er wartet, lässt seinen Worten Zeit zu wirken. »Und möglicherweise hat er sie sogar schon davon überzeugt, dass du die Sache nicht allein geregelt bekommst.«

Jetzt dreht Mike den Kopf, sieht seinen Bruder an, mit einem Mal nachdenklich. »Kann ich mir nicht vorstellen«, murmelt er schließlich.

Theo hebt die Augenbrauen. »Weil du es an ihrer Stelle nicht glauben würdest?«

Ich reiße meinen Blick von den beiden los und schaue zurück nach draußen. Ich will nicht schon wieder ein Gespräch belauschen und mich deshalb mies fühlen. Abgesehen davon verstehe ich nur die Hälfte. Es kostet mich alle Kraft, meine Aufmerksamkeit wieder in halbwegs ungefährliche Bahnen zu lenken.

Ein Haus, zwei, drei …

»Ja, genau. Und jetzt lass mich in Ruhe«, zischt Mike. »Wenigstens solange *sie* noch dabei ist.«

Meine Konzentration löst sich erneut in Luft auf, denn ich weiß, er meint mich.

Theo seufzt. »Ich wage zu behaupten, dass du ihren Namen noch kennst. Benutz ihn einfach.«

»Ich benutze Namen, wann ich will. Und nicht, wenn du private Dinge vor Leuten ausbreitest, die dich seit drei Jahren nicht mit dem Hintern angesehen haben. ›Beste Freunde‹ – das ist lange her. Beim nächsten Mal kann ich ja wildfremde Menschen von der Straße einladen, damit du genügend Zuschauer hast.«

Touché. Meine Augen huschen nach vorne, treffen Theos im Rückspiegel.

»Oh, vertrau mir, ich brauche nichts weniger als Zuschauer«, erwidert er mit einem gereizten Unterton in der Stimme. »Ich will nur, dass du dich zusammenreißt. Du hast den Arzt gehört, oder nicht? Um ein Haar hätte dir diese beschissene Stoßstange eine Arterie aufgeschlitzt! Du hättest verbluten können, *Blödmann*!«

Mein Blick wandert weiter zu Mike. Alle Farbe ist aus seinem Gesicht gewichen.

»Kapierst du eigentlich, was du mit solchen Späßen anrichtest?«

»Für wie doof hältst du mich?«, fragt Mike mit einem letzten Aufbäumen von Aggressivität. »Glaubst du, ich hab das absichtlich gemacht? *Ich ziehe mir was rein und werfe mich unter das erstbeste Auto, damit alle Welt von dieser ganzen Scheiße erfährt?*« Er schüttelt den Kopf. »Ich bin nicht völlig bescheuert.«

Theo stößt die Luft in einem kurzen, harten Lachen aus. »Was zu beweisen wäre.«

Wow. Das hat gesessen.

Ich weiß nicht, ob er absichtlich übergeht, wie sehr er Mike getroffen hat, oder ob er den bestürzten Ausdruck auf dem Gesicht seines Bruders einfach nicht mitbekommt.

»Eine Sache hast du mit deiner Aktion nämlich schon erreicht«, fährt Theo unbarmherzig fort. »Ich musste Mina gar nichts über dich erzählen, sie wusste das meiste schon.«

Mikes Augen weiten sich ungläubig. »Das ist ein Witz, oder?«

»Nein, leider nicht. Tobias plaudert fröhlich aus, dass du high warst.«

Wir fahren sieben Häuser weiter. Oh Gott, ich hoffe wirklich, wir sind bald da.

»So viel zu deinen Zuschauern, die *ich* nicht wollte.«

»Was noch?«, fragt Mike, und seine Stimme klingt heiser.

»Reicht das nicht?«

Nach acht weiteren Häusern dreht Mike sich zu mir um und taxiert mich mit einem Blick, der mein Innerstes nach außen kehren könnte, wäre ich nicht Schlimmeres gewöhnt. Seine Augen sind heller als Theos und dadurch flacher, durchlässiger. Fast so, als wäre nicht mehr genug blaues Eis für ihn übrig gewesen und der Rest mit Schnee aufgefüllt worden.

»Was hat er erzählt?«, fragt er.

»Nicht er selbst, Sarah«, entgegne ich vorsichtig, weil ich am liebsten gar nicht antworten würde, aber nicht einfach schweigen kann. »Sie hat etwas von *zu vielen Glücksbringern* gesagt.«

Mike runzelt verärgert die Stirn. »Ich hab keine Pillen eingeworfen.«

»Tja, das tut mir leid. Beim nächsten Mal werde ich dich angemess–«

Theo tritt so hart auf die Bremse, dass ich nach vorne rutsche und mir auf die Zunge beiße, während Mike seine unverletzte Hand nach oben reißt, um sich am Handschuhfach abzustützen.

»Sorry.« Theo räuspert sich. »Die Ampel.«

Als ich nachsehe, schaltet sie gerade von Gelb auf Rot um. Mike scheint sich nichts dabei zu denken, ruckelt bloß wortlos auf seinem Sitz zurück und ordnet seine Krücken. Ich dagegen kann das schmerzhafte Summen des Stromhalsbandes förmlich am Hals spüren, und auch ohne mich erst davon überzeugen zu müssen, weiß ich, dass Theo mich über den Rückspiegel mustert.

Ich lasse den Kopf sinken, ziehe meine Unterlippe zwischen die Zähne und gebe mir Mühe, die schmerzende Stelle auf meiner Zunge auszublenden.

Wir warten schweigend. Erst kurz bevor er wieder losfährt,

pinnt Theo einen letzten Satz in den Raum zwischen sich und seinen Bruder: »Du solltest es besser wissen, Mike.«

Mein Blick hebt sich wie von selbst und bleibt an Mikes Gesicht hängen. Innerhalb von Sekunden spannt sich jeder Muskel in seinem Körper. Dieses Dichtmachen, wenn sonst kein Ausweg blieb, das konnte er früher schon gut. Ich dagegen schaffe es jetzt nicht mehr, meine Gedanken im Zaum zu halten. Was besser wissen? Was meint er denn mit *dieser ganzen Scheiße*?! All diese Andeutungen – jede einzelne bringt die Neuronen in meinem Hirn ein wenig mehr zum Glühen.

Inzwischen fahren wir wieder. Ich bemerke jedes Schlagloch, als würde ich hineinfallen, fühle jede Kurve, als wäre sie rechtwinklig, und weiß nicht, wo ich hinschauen soll. Theo konzentriert sich auf die Straße, während Mike reglos geradeaus starrt. Erst als wir in die Einfahrt der Millers biegen, greift er nach seinen Krücken und kämpft sich aus dem Auto, sobald wir stehen.

Theo und ich bleiben sitzen.

Ich warte, bis die Tür hinter Mike zufällt, dann rutsche ich auf der Rücksitzbank nach vorne. Theo sieht seinem Bruder nachdenklich hinterher.

»Nicht dass es mich etwas angeht, aber musstest du ihn vor mir so runtermachen?«

Er zieht die Augenbrauen zusammen, atmet tief durch. »Ich weiß nicht, wie ich sonst zu ihm durchdringen soll.«

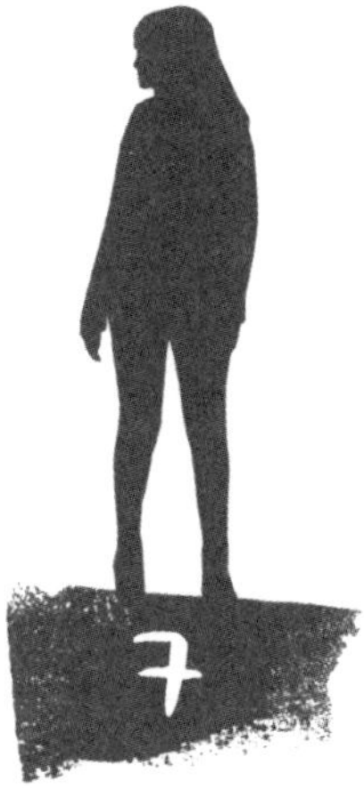

7

Am Montagabend ist Marik mit einem Freund unterwegs, also verlieren sich Mama, Papa und meine Wenigkeit an dem ohnehin viel zu großen Esstisch beinahe aus den Augen. Es fühlt sich an, als würden wir kilometerweit auseinandersitzen, so wie die feinen Herrschaften in den unerhört riesigen Villen mit unzähligen Zimmern, von denen gerade einmal drei regelmäßig benutzt werden.

Mir wird ganz anders beim Gedanken daran, dass es vielleicht noch Jahre so weitergeht. Meine Eltern und ich, zu dritt in diesem Haus. Ohne Marik. Er hat Freunde und wird nach dem Abi ausziehen, um irgendwo weiter weg zu studieren. Ich dagegen werde mich wahrscheinlich für eine Uni entscheiden, die sich in der Nähe befindet, damit ich jeden Tag pendeln kann und nicht mit wildfremden Menschen in eine WG ziehen muss. Mama und Papa würden mich sicherlich auch bis ans Ende aller Tage hier wohnen lassen, aber viel lieber wäre ihnen, sie hätten eine ganz normale Teenager-Tochter.

Ein Surren kratzt an meinen Hirnwindungen. Für einen Moment irritiert mich das Geräusch, dann versinke ich wieder in Grübeleien. Bis es ein zweites Mal surrt. Ich hebe den Kopf, fange Mamas Blick auf.

»Willst du nicht nachsehen?«, fragt sie, und weil ich sie bloß verständnislos anschaue, fügt sie hinzu: »Das ist dein Handy, oder?«

Mein Handy?

Ich habe es zum vierzehnten Geburtstag bekommen und trage es seitdem mit mir herum, stets aufgeladen, stets eingeschaltet, damit ich *im Fall des Falles* – was Mama genau damit meint, ist mir nach wie vor schleierhaft – sofort jemanden anrufen kann. Es ist ein älteres Modell, eines von der Sorte, die man heute überall für ein paar Euro nachgeworfen bekommt, und ich habe es in den vergangenen drei Jahren höchstens benutzt, um mich mit meinen Eltern oder Marik zu unterhalten. Es summt erneut.

Ich lege mein Besteck hin, stehe auf und gehe in den Flur, wo das Telefon auf der Kommode liegt. Ich entsperre die Tastatur. Drei WhatsApp-Nachrichten von einer unbekannten Nummer. Ich habe genau vier private Kontakte in meinem Telefonbuch, drei davon gehören Mama, Papa und Marik, der vierte meinem Lieblingsbibliothekar Peter. Und Peter schreibt keine WhatsApp-Nachrichten.

18:15 Knock Knock.

18:18 Du kennst Knock-Knock-Witze, oder? Egal. Noch immer der Meinung, dass es eine dumme Idee war?

18:23 Hallo?!

Mein Mund fühlt sich an, als hätte ich einen Sandkasten leer gegessen. Ich lese die Nachrichten ein zweites und drittes Mal, bevor ich antworte.

18:27 Ja, noch der Meinung.

Nach ein paar Sekunden kommt die nächste Mitteilung.

18:28 Ein Wunder, sie schreibt zurück! Ich dachte schon, du kennst dich mit WhatsApp nicht aus.
18:31 Also bitte. Ich lebe nicht hinter dem Mond.
18:32 Wenn das der Fall wäre, würde ich ja auch dort leben. Und das wiederum würde es zum coolsten Wohnort des Universums machen.

Ich kann mir ein Grinsen nicht verkneifen, während ich sein Profilbild näher betrachte. Es zeigt den Joker aus Batman. Seine grünen Haare und die Gesichtszüge bilden die Frage *Why so serious?*. Mein Handy vibriert.

18:36 Kein schlauer Spruch dazu? Das enttäuscht mich jetzt.

Ich verziehe den Mund, knurre das Telefon an. Was erwartet er von mir? Dass ich nach dem Desaster vorgestern fröhliche Nachrichten hin- und herschicke? Ich fange an zu tippen.

»Mina?«

Erschrocken zucke ich zusammen. Meine Eltern sitzen noch am Esstisch und sehen mich mit großen Augen an.

»Ja?«

»Alles in Ordnung?« Mamas Stimme trieft vor Neugier und

Sorge. Wahrscheinlich reagiert man so, wenn die eigene Tochter ihr Telefon anknurrt.

»Ja. Ich muss auf eine WhatsApp antworten …«

18:39 Was wird das, ein Roman?! Ich warte!

»… und brauche offenbar etwas zu lange dafür.«

»Oh. Okay.« Papa diesmal. Er kratzt sich an der Wange, sagt aber nichts weiter.

Stattdessen wirft er meiner Mutter einen unsicheren Blick zu.

Ich beschließe, die beiden von ihrem Elend zu erlösen.

»Theo hat geschrieben.« Ich hebe das Telefon, wackele ein wenig damit herum, und in ihren Gesichtern geht die Sonne auf. Vier Mundwinkel wandern nach oben, gleichzeitig mit meinen Augenbrauen. Diese Euphorie gefällt mir nicht. Sie weckt Erwartungen.

»Er will bestimmt nur wissen, wann wir die Klausur in Geschichte schreiben«, versuche ich, die Sache herunterzuspielen, doch die Saat geht bereits auf.

»Ach, schön«, flötet Mama.

Ich kneife die Augen zusammen, überlege, ob ich sie daran erinnern soll, wie katastrophal der Samstag gelaufen ist und dass ich auf derartige Freizeitgestaltung keine Lust mehr habe.

18:44 Wow, was man so alles herausfindet, wenn man Zeit hat zu googeln. Wusstest du, dass man auf eBay Boote ersteigern kann? Interessant, wäre eine Überlegung wert …

»Ich bin in meinem Zimmer«, sage ich und verschwinde eilig nach oben.

18:46 Warte kurz!, tippe ich im Laufen.
18:46 Dafür hast du so lange gebraucht?!
18:47 Kein Boot! Warte!

Ich werfe die Tür hinter mir zu und lasse mich auf mein Bett fallen.

18:48 Woher hast du meine Nummer?
18:49 Deine Mama hat sie mir gegeben. Einfach so. Ich hoffe, sie gibt nicht jedem deine Nummer einfach so.
18:50 Vielleicht will sie mich loswerden. Was gibt's?

Eine Zeit lang passiert gar nichts, und ich hoffe, bete, fürchte bereits, dass ich ihn vergrault habe. Dann steht plötzlich *schreibt …* unter seinem Namen.

18:54 Also gut, dann eben gleich mit der Tür ins Haus. Lust darauf, was zusammen zu unternehmen?
18:55 Was denn? Hast du etwa noch einen Bruder, den ich dazu bringen kann, mich zu hassen?
18:55 Glaub nicht. Soll ich Celine fragen?
18:56 Klar, nur zu. Dann stehe ich wenigstens mit deiner ganzen Familie auf Kriegsfuß.
18:57 Mike hasst dich nicht. Er mag dich im Moment nicht besonders, stimmt, und vielleicht zelebriert er das auch ein bisschen, während er zu Hause herumhängt und sich langweilt. Aber er hasst dich nicht. Okay?

Was soll ich darauf antworten? Ich starre reglos das Handydisplay an, bis er sich erneut meldet.

19:01 Jedenfalls hatte ich eher an Kaffee morgen in der Mittagspause gedacht.

Ich wünsche mir, dass er es endlich gut sein lässt. So tut, als wäre all das nicht passiert. Mit einem Seufzen drehe ich mich auf den Rücken und schließe die Augen, bis mein Telefon ein letztes Mal vibriert.

19:07 Ich muss zum Training. Entweder du bist morgen da oder nicht.

Toller Einfall, *mir* die Entscheidung zu überlassen.

Mit klopfendem Herzen schalte ich das Handy aus.

Dienstagmorgen. Du kommst zur Schule, und wenn du Glück hast und dich ruhig verhältst, fängt alles von vorne an. Ein kleiner Reset. An manches erinnert sich die hungrige Meute über einen längeren Zeitraum, anderes vergisst sie schnell. An mich erinnert sie sich höchstens ein paar Tage, und die sind nun vorbei.

Als ich das Klassenzimmer betrete, drehen sich zwar einige Köpfe in meine Richtung, aber auf den Gesichtern zeichnet sich kein Interesse mehr ab. Nur eines der Mädchen, das letzte Woche gesehen hat, wie ich mit Theo zu seinem Auto gelaufen bin, wirft mir einen abschätzigen Blick zu. Als Theo jedoch – fünf Minuten zu spät – zum Unterricht erscheint und, ohne aufzusehen, an mir vorbeiläuft, ist auch das Geschichte. Alle Aufmerksamkeit richtet sich sofort auf ihn, und es scheint ihn nicht zu interessieren.

Ich weiß nicht, ob ich dankbar sein soll oder böse, weil er mich nicht beachtet, und eine Weile grübele ich ernsthaft darüber nach. Aber dann beschließe ich, dass es mir egal ist. Egal ist richtig, egal ist wertfrei. Außerdem ist es ja kein Wunder, dass er mich ignoriert. Ich habe gestern weder besonders freundlich auf seine Nachrichten reagiert, noch seine Frage beantwortet.

Ich seufze innerlich und beuge mich tiefer über mein Buch.

Auch in der dritten und vierten Stunde läuft Theo an mir vorbei, als wäre ich ein Teil der Einrichtung, um den man einen Bogen machen muss, weil man sich sonst den Fuß daran stößt. Gott sei Dank haben wir den Rest des Tages keinen Unterricht mehr zusammen.

Den Großteil meiner Mittagspause verbringe ich in der Stadtbibliothek. Ich glaube kaum, dass Theos Angebot für einen Kaffee noch aktuell ist, und selbst wenn, hatte ich ohnehin nicht vor, es anzunehmen. Ich bringe drei Bücher zurück, frage nach Peter, aber der hat heute frei. Also leihe ich mir zwei neue Bücher aus und schlendere zurück zur Schule.

Als ich den Weg betrete, der am Schulgelände vorbeiführt, ist es kurz vor halb zwei. Noch knapp fünfzehn Minuten bis zur Chemie-Doppelstunde und danach endlich Feierabend für heute.

Ich blättere in einem der Bücher, die ich mir ausgeliehen habe, denn beim Lesen weichen die meisten Leute dir instinktiv aus, weil sie denken, mit einem Buch in der Hand hast du im Fall eines Zusammenpralls die besseren Karten. Vielleicht stimmt das sogar. Vielleicht macht die Geschichte dich irgendwie massiver, stärker –

Jemand räuspert sich neben mir, ziemlich laut. Es stört mich. Ich setze eine bösartige Miene auf, drehe mich um – und bleibe wie festgetackert stehen.

Theo sitzt auf einer der Bänke drei Meter entfernt. Er hat den Kopf schräg gelegt und sieht interessiert dabei zu, wie mein Gesicht zu kochen beginnt. Ich könnte an ihm vorbeigehen und so tun, als ob nichts geschehen wäre. Oder aber ich starre ihn einfach weiter wortlos an.

Ein Pfiff ertönt aus der Raucherecke weiter vorne, und Theo wendet sich ab. Er hebt kurz die Hand, nickt jemandem zu, der dort auf ihn wartet. Es ist Mike. Dieser Moment jetzt wäre meine Chance weiterzulaufen, doch ich verpasse sie. Als Theo sich wieder zu mir dreht, stehe ich immer noch da.

»Ich würde dir ja Kaffee anbieten«, sagt er. »Aber ich glaube, du willst gar keinen.«

Ich schüttele stumm den Kopf.

»Gut, ich hab nämlich schon davon getrunken. Wäre sonst ein bisschen peinlich geworden.« Er greift nach einem der Pappbecher, die er neben seinem Rucksack abgestellt hat, und prostet mir damit zu, ehe er ihn in einem Zug leert. Dann zerdrückt er ihn langsam zwischen seinen Fingern. Ich beobachte ihn dabei, mustere die Schatten unter seinen Augen, die wohl nie mehr verschwinden werden.

»Lange Nacht gehabt?«, frage ich schließlich.

»Zumindest ziemlich laut. Ich hätte nicht gedacht, dass Celines Stimmbänder das überstehen. Oder meine Ohren.«

»Na ja, ich würde auch ausflippen, wenn mein Sohn unter Drogen einen Unfall baut«, erwidere ich einfallslos und komme mir dabei fürchterlich blöd vor. Doch Theo scheint es nicht zu bemerken.

Er lächelt halbherzig, bückt sich nach dem zweiten Becher und drückt den ebenfalls zusammen. »Keine Ahnung, ob das Thema zur Sprache kam. Ich habe nach einer Stunde Streiterei über

Jugendamt und Sozialarbeiter den Fernseher lauter gedreht. Irgendein Film aus den Achtzigern, ich habe den Titel vergessen.«

Ich gehe einen Schritt nach vorn, und Theo wirft mir einen prüfenden Blick zu. Als wolle er sichergehen, dass ich ihm nicht zu nahe komme.

»Jugendamt?«, frage ich mit einem Reibeisen im Hals.

»Jugendamt. Ich wollte dir davon erzählen, heute in der Mittagspause. Und mich für Samstag entschuldigen.« Er erhebt sich, beugt sich zum Mülleimer, der neben der Bank steht, und lässt die beiden Becher hineinfallen. Dann vergräbt er die Hände in den Hosentaschen. Seine Miene kühlt immer weiter ab, während seine Augen meine durchbohren. »Nur leider warst du nicht da.«

Ich will ihm antworten, etwas sagen, eine Ausrede erfinden, aber mir fehlen die passenden Worte. Mein Herz, mein Hirn, meine Zunge, alles fühlt sich an wie eingefroren. Also schweige ich.

Theo wartet. Er wartet lange, ehe er die Geduld verliert und enttäuscht den Kopf schüttelt. »Ich dachte, über gegenseitiges Anschweigen wären wir hinaus«, sagt er. »Vielleicht sollte ich das mit dem Denken lassen –«

»Guter Plan!«, falle ich ihm ins Wort, so heftig, dass er erstaunt ein wenig zurückweicht. »Und an deinem bockigen Teenager-Gehabe feilen, damit du besser ins Bild passt.«

»An meinem *bockigen Teenager-Gehabe*?«

»Ja! Oder gibt es einen anderen Grund, wieso du gestern noch Kaffee trinken willst und mich heute wie eine ansteckende Krankheit behandelst?«

Mein Puls hämmert plötzlich, als würde ich einen Marathon laufen. Hatte ich nicht heute Morgen erst beschlossen, dass mir sein Verhalten egal ist? Funktioniert ja wunderbar.

»Eine … *was*?!« Theo zieht die Augenbrauen zusammen und sieht mich verwirrt an. Die kleine senkrechte Falte erscheint wieder über seiner Nasenwurzel. »Du hast gesagt, du magst es nicht, wenn jemand dich anstarrt. Ich habe bloß versucht, das zu verhindern.«

»Indem du mich ignorierst?«

»Indem ich tue, was du erwartest, ja!«

Eine Gruppe Mädchen aus der Mittelstufe kommt auf uns zu. Sie betrachten uns, als würden wir ein Schauspiel nur für sie aufführen, und biegen schließlich kichernd um die Ecke in Richtung Stadt. Theo reagiert nicht darauf.

»Wie kommst du darauf, dass ich so etwas erwarte?«, frage ich, sobald sie weit genug weg sind.

Er blinzelt irritiert. »Genau an der Front hast du doch die letzten Jahre gekämpft. Ja nicht auffallen. Und wenn dich aus Versehen trotzdem jemand bemerkt, rennst du schreiend und fauchend davon.«

»Ich renne nicht davon.«

»Momentan nicht, nein«, sagt er. Ein nachdenklicher Unterton schwingt in seiner Stimme mit. »Wahrscheinlich hast du die Gelegenheit verpasst.«

Mein Herz stolpert, und ich schaue schnell zur Seite, um es zu verbergen. Egal, es ist mir völlig egal …

»Ah. Volltreffer.« Ich kann sein verbittertes Lächeln beinahe spüren. »Wie war das? *Aus dem Alter, in dem man Verstecken spielt, sind wir raus?*«

Egal, egal, egal …

»Netter Spruch, wirklich«, fährt er fort. »Besonders, wenn man selbst nicht danach lebt. Ich verstecke mich vielleicht ab und zu auf dem Dach, aber du versteckst dich vierundzwanzig Stunden am Tag. Vor was? Wovor hast du Angst?«

»Wenn ich Angst hätte, wäre ich wohl kaum hier«, wage ich einen letzten Versuch, ihn davon zu überzeugen, dass er sich irrt.

Zuzugeben, dass er mit jedem Wort mehr Wahrheit ausgräbt, würde bedeuten, ihn in meinen Kopf zu lassen. Und da war außer mir ewig niemand.

»Wenn du keine Angst hättest, hätte ich dich wohl kaum hier abfangen müssen.«

Die Schulglocke läutet. Ich sehe mich betreten um. Weiter vorne leert sich die Raucherecke langsam, bis nur noch Mike sich dort auf seine Krücken stützt. Er wirft einen Blick auf seine Uhr, danach zu uns und wendet sich kopfschüttelnd ab.

»Ich glaube, Mike wartet«, sage ich schwach und starre auf meine Füße.

»Keine Sorge, er wartet, bis ich fertig bin. Ich bin ziemlich sicher, dass er nicht nach Hause laufen möchte.«

Ich schweige.

Einen Augenblick lang steht Theo mir stumm gegenüber, dann dreht er sich um, schnappt seinen Rucksack und geht davon.

8

Chemie. Seit einer halben Stunde spiele ich mit dem Gedanken, wahllos Chemikalien zusammenzukippen, bis uns das Klassenzimmer um die Ohren fliegt. Wenigstens hätte mein Katastrophenmarathon dann ein stilechtes Ende, und mein bescheuertes Gedankenkarussell würde *endlich* still stehen. Stattdessen male ich die weißen Felder eines Periodensystems aus und frage mich, was eigentlich mein Problem ist.

Wieso hat mich dieses Gespräch mit Theo dermaßen aus der Fassung gebracht? Wieso gelingt es gerade *ihm*, mit seinen Fragen Risse in meinen Panzer zu brechen? Wenn Mama oder Papa mir vorwerfen, ich würde den Rest der Welt von mir fernhalten, wabert das in mir herum wie ein Ölteppich auf dem Ozean und schwappt irgendwann einfach über den Rand ins Nirvana. Wieso nicht bei Theo? In gerade einmal eineinhalb Wochen hat er zutage gefördert, was meine Eltern in all den Jahren nur mühsam aus mir herausgelockt haben. Als hätte er geahnt, dass nicht Überheblichkeit oder eine Laune Grund dafür waren, mich in meine eigene kleine Welt zurückzuziehen.

Über ein Jahr lang hat er mich immer wieder darauf angesprochen, weshalb ich aufgehört habe, mit ihm zu reden. Dabei hat er mir nie vorgeworfen, ich wäre bockig, arrogant oder würde mich idiotisch verhalten, so wie andere das getan haben. Ohnehin hat er nie auch nur ein böses Wort mir gegenüber verloren, weder vorher noch nachher. Stattdessen hat er jede Woche aufs Neue gefragt, ob er einen Fehler gemacht habe, und wenn ja, welchen. Ich habe ihm natürlich nie erzählt, dass ich alles mitbekommen habe. Diese Genugtuung wollte ich ihm nicht bereiten, und *ihr* noch viel weniger.

Irgendwann wurden die Abstände zwischen seinen Bemühungen größer, und Anfang der zehnten Klasse schließlich hörte er ganz damit auf. Im ersten Moment ein ziemlicher Schlag in die Magengrube, denn immerhin waren wir so etwas wie beste Freunde. Aber es war nur ein Schlag von vielen.

Und jetzt, drei Jahre nachdem ich entschieden habe, ihn aus meinem Leben zu streichen wie all die anderen Leute in meinem Alter, nimmt er mich auseinander wie eine Legofigur, weil ich einmal nicht auf meine Deckung geachtet habe. Weil ich nett sein wollte.

Schulglocke. Zeit, nach Hause zu gehen.

Wenn du keine Angst hättest, hätte ich dich wohl kaum hier abfangen müssen.

Ich denke über diesen Satz nach, sehr lange. Ich lasse ihn tief in mein Hirn, dorthin, wo er Schaden anrichten könnte und ich einen Minenteppich ausgelegt habe, um genau das zu verhindern. Jede einzelne Mine geht splitterschleudernd hoch. Erst nach Stunden werden die Explosionen weniger, und schließlich, spätabends, hören sie ganz auf. Ich fühle mich leer gekämpft, ausgelaugt und zusammengestaucht, aber ich habe eine Entscheidung getroffen.

Sobald meine Eltern im Bett sind, husche ich aus meinem Zimmer, die Treppe hinab und durchwühle im Dunkeln meine Jackentasche. Als ich das Handy gefunden habe, schleiche ich mich zurück.

23:07 Du hattest recht.

Ich drücke noch ein wenig auf dem Telefon herum, warte auf das *schreibt …* unter seinem Namen, aber es erscheint nicht. Also lege ich das Handy beiseite und schalte das Licht aus. Zum ersten Mal seit Jahren will ich, dass mich jemand beachtet.

Ein Surren. Ich schrecke hoch, völlig perplex, dass ich tatsächlich geschlafen habe. Eigentlich hatte ich damit gerechnet, die halbe Nacht wach zu liegen und in mittelschwere bis schwere Grübeleien zu versinken.

Ich drehe mich zur Seite, taste nach dem Handy. Die Uhr auf dem Display zeigt kurz vor zwölf.

23:58 Wundert mich nicht. Womit genau?

Ich reibe den Schlaf aus meinen Augen und atme einmal tief durch. Das hier war meine Idee, *meine.*

0:01 Mit so ziemlich allem, was du mir an den Kopf geworfen hast.

Während ich warte, dass er sich wieder meldet, expandiert das Universum um mehrere Milliarden Kilometer. Dann, endlich, ein Summen.

0:07 Okay.

Ich blinzele. *Okay?!* Weniger interessiert hätte er kaum reagieren können. Mein Ich faltet sich zusammen, und ich nicke. Kein Wunder, nachdem ich Theo allen Grund gegeben habe, sauer auf mich zu sein, ist er es nun auch.

0:08 Das wollte ich dir nur mitteilen. Entschuldige die späte Störung.

Ich will das Telefon zur Seite legen, doch diesmal antwortet er sofort.

0:08 Du störst nicht.

Und weil noch immer *schreibt …* unter seinem Namen steht, starre ich einfach weiter auf das Display.

0:10 Ich werde jetzt keinen Freudentanz oder sonst was aufführen, falls du darauf wartest. Dafür bin ich viel zu müde. Außerdem deprimiert es mich in dem Fall eher, dass ich immer recht habe.

0:11 Du hast nicht IMMER recht. Du hattest DIESMAL recht.

0:12 Willst du meine Liste sehen? Da sind bei ICH HABE RECHT viel mehr Häkchen als bei IRGENDJEMAND ANDERS HAT RECHT. Viel, viel mehr Häkchen.

0:13 Du hast eine Liste …? Oh nein, warte. Ich will es gar nicht wissen.

Wieder dauert es ein paar Minuten, und schließlich schickt er ein Bild, ein Foto von einem Blatt Papier, das in zwei Spalten unterteilt ist. Die linke Spalte ist mit *Ich habe recht* beschriftet, die rechte mit *Irgendjemand anders hat recht*. Eine einzige Zeile kann man darunter erkennen, und sie trägt das Datum von gestern. In der linken Spalte ist ein kleiner Haken zu sehen. Ein Lachen schlüpft über meine Lippen.

0:20 Bevor du dich wunderst: Die eigentliche Liste habe ich im Auto vergessen (ich nehme sie nämlich überall mit hin). Deshalb musste ich eine neue anfangen.

0:21 Und gleich fragst du mich, ob wir uns später treffen wollen, damit du mir die eigentliche Liste noch zeigen kannst.

Kurz nachdem ich auf den kleinen Pfeil gedrückt und damit die Nachricht versendet habe, stelle ich fest, dass er das missverstehen könnte. Mit einem Stöhnen vergrabe ich das Gesicht in den Händen und warte, ob er sich trotzdem wieder meldet.

0:24 Weißt du, versetzt zu werden ist nicht unbedingt eines meiner Hobbys. Ein Mal reicht völlig.

0:25 Tut mir leid. So war das nicht gemeint.

Er schickt zuerst einen schief grinsenden Smiley und danach eine weitere Nachricht.

0:26 Was mich zurückbringt zu meiner Frage: Wovor hast du Angst?
0:27 Ich habe keine Angst.
0:28 Okay. Warum dann? Warum das alles?

Ich lasse das Telefon sinken und starre den Riss in der Zimmerdecke an, unschlüssig, was ich darauf antworten soll. Ich weiß, was er meint: *Warum hast du mich damals fallen lassen wie eine heiße Kartoffel?*

Mich wundert, dass er es immer noch nicht verstanden hat.

Schließlich beginne ich erneut zu tippen.

0:31 Vielleicht hättest du dich einfach nicht mit dem größten Miststück auf diesem Planeten einlassen sollen.

Deutlicher kann ich kaum werden.

0:35 Was?

Also gut, noch ein bisschen deutlicher.

0:36 Ich weiß, dass du mit Lena rumgemacht hast.
0:36 WAS?!?!

Sosehr es auch schmerzt, ich muss fast grinsen. Was für eine Verschwendung von Satzzeichen.

0:37 Ja. Ich habe sogar ein Foto bekommen – ach was, zehn Fotos! Lena war so nett, mir zwei Wochen lang jeden Tag eins in den Rucksack zu legen. Sah interessant aus, was ihr da auf dem Mädchenklo veranstaltet habt.

Allein beim Gedanken daran wird mir wieder schlecht. Lena hat es wirklich genossen, mir meinen letzten Freund, meinen Rettungsanker in diesem Pulk aus Trotteln, zu nehmen. Gemocht hat sie mich noch nie und auch keine Möglichkeit verstreichen lassen, mir eins auszuwischen. Sie war die Königin der »Fasst den Freak!«-Partei. Doch diese Aktion war ihr Meisterstück. Eins mit Stern, Lena, setzen.

0:40 Wie kommst du darauf, dass ich … Kann ich anrufen?

0:40 NEIN.

0:43 Ich habe keinen Schimmer, was sie dir da gezeigt hat. Aber ich hatte ganz sicher nichts mit Lena. LENA! Ich bitte dich!

Genau aus dem Grund haben mich diese Fotos gebrochen. Du bist mir in den Rücken gefallen.

0:45 Scheiße. Lena. Ich fass es nicht.

Stimmt. Scheiße.

0:46 Der Typ auf dem Bild sah aus wie du. Also …?

0:48 Ich habe einen ZWILLINGSBRUDER! Ist dir nie die Idee gekommen, dass es auch Mike gewesen sein könnte?

Doch, die Idee ist mir gekommen. Aber wieso hätte sie dann dieses siegessichere Grinsen aufsetzen sollen, wenn sie dich angesehen hat? Wieso hätte sie deinen Namen auf ihren Handrücken schreiben sollen? Wieso hätte sie im Sportunterricht von deinen weichen Lippen schwärmen sollen?

0:51 Ich wusste, wie sie dich behandelt hat. Du hast mir alles erzählt. Und trotzdem hast du geglaubt, dass ich gerade mit der etwas anfangen würde?

Ich starre das Display an.

0:53 Du glaubst es noch.

0:54 Vielleicht.

0:56 Ich wecke Mike jetzt, und dann klären wir das.

0:57 Nein. NEIN! Warte!

0:58 Worauf? Damit du noch eine Sekunde länger denkst, ich hätte dich behandelt wie all die anderen IDIOTEN? Was ist bloß los mit dir?! Ich hatte nichts mit ihr! Kapiert?!

Ich kann beinahe vor mir sehen, wie er bebt bei diesen Worten. Wie seine Kiefermuskeln nervös zucken.

Die Druckwellen seiner riesigen Wut sind bis hierher spürbar, seine Ausrufezeichen reißen Löcher in den Raum zwischen uns.

1:00 Wieso hat sie es dann behauptet?

1:02 WAS WEISS ICH?! Weil sie ein mieses Stück ist? Weil sie dich hasst? Weil sie mich hasst?

Wohl eher, weil sie genau das *nicht* tut, dich hassen. Ganz im Gegenteil …

Meine Augen finden den Joker, klammern sich daran fest. *Why so serious?*

1:04 Tut sie nicht.

1:05 Ist mir scheißegal. Ich bin dir ein Jahr lang nachgerannt. Du hättest mich fragen können.

1:07 Ich war vierzehn! Alle außer dir haben mich Freak genannt oder Schlimmeres getan. Du hast ins Muster gepasst. Da fragt man nicht nach.

1:09 Merkst du was? Alle außer mir. Ich habe nicht ins Muster gepasst, denn wer auch immer der Kerl auf diesen Fotos war, ich war es nicht.

1:09 Ach nein?

1:09 Mina.

Ich vergrabe das Gesicht in meinem Kissen, versuche, ihn mir mit Lena zusammen vorzustellen, versuche, die Bilder heraufzubeschwören, die mich tage-, wochen-, monatelang verfolgt haben.

Es gelingt mir nicht.

Er war nicht der Kerl auf dem Foto? Er war nicht der Kerl auf dem Foto … Er war es nicht.

1:12 Du warst es nicht.

1:12 Hast du uns jemals zusammen gesehen? Abgesehen von diesen Fotos, meine ich.

1:13 Nein.

1:13 Da hast du deine Antwort.

Er ist in meinem Kopf.

Es fühlt sich so seltsam an, dass ich den Gedanken nicht loswerde, man müsse mir die Veränderung ansehen. Doch niemand behandelt mich anders als sonst. Mama ist anstrengend fröhlich wie jeden Morgen, Papa anstrengend zurückhaltend, weil er es liebt, Mama beim Reden zuzuhören, und so wie Marik auf seinem Stuhl hängt, schlafwandelt er wahrscheinlich.

Auch in der Schule ist alles, wie es sein soll. Die Tage der entgeisterten »Theo Miller bringt den Freak nach Hause?!«-Blicke sind vorbei, denn irgendein anderes nervenaufreibendes Thema beschäftigt die hungrige Meute inzwischen mehr. Himmlischer Frieden, und sogar Lena hält sich daran. Wie hat Theo sie genannt? *Mieses Stück.* Ich male mir ihren Gesichtsausdruck aus, sollte sie jemals davon erfahren, während ich das letzte Gespräch mit Theo wieder und wieder von oben nach unten scrolle und lese. Mit jedem Mal wächst meine Anspannung. Obwohl wir heute keinen gemeinsamen Unterricht haben, bekomme ich allmählich Angst, ihm gegenüberzutreten. In jeder Pause schleiche ich die Gänge entlang, bemüht vorauszusehen, wo ich ihm–

Ich bleibe wie angewurzelt stehen und weiche im nächsten Moment hastig zurück. Nicht Theo, sondern Mike. Zusammen mit irgendeinem Kerl steht er mitten im Gang, keine zwei Meter von mir entfernt hinter der nächsten Ecke. Ich habe ihn zwar nur kurz gesehen, und er hat die Kapuze seines Hoodies über den Kopf gezogen, aber dank seiner Krücken ist es kein allzu großes Problem, ihn zu erkennen. Wer der andere ist, weiß ich nicht. Die beiden unterhalten sich über jemanden, lachen.

Ich lehne mich mit dem Rücken gegen die Wand, lasse seufzend den Kopf hängen. Die letzte Person, der ich im Augenblick begegnen will, ist Mike. Obwohl er gestern bereits mit Theo hier war, trifft es mich trotzdem unvorbereitet, dass er schon wieder zur Schule kommt.

Würde mein Klassenzimmer nicht am Ende genau dieses Ganges liegen, ich wäre schon längst auf dem Weg in die andere Richtung.

»... Tussiterror!«, gröhlt der andere Typ jetzt, und Mike bringt ihn mit einem »Schscht!« zum Schweigen.

»Wenn sie erfährt, dass ich dir davon erzählt habe, köpft sie mich, Mann!«, zischt er.

»Ach, Blödsinn! Dann kann sie ja nichts mehr mit dir anfangen.« Der Kerl lacht knatternd.

Ich bete, dass die beiden einfach weiterlaufen, und zwar weg von mir, und das möglichst bald. Ich bin ohnehin schon viel zu spät dran.

»Sehr komisch. Echt. Würde mich interessieren, was sie vorhat.«

»Alter, freu dich doch! Könnte schlimmer sein. Sie sieht gut aus, läuft dir hinterher, und ihre Freundin – wie heißt die?«

»Luisa.«

Moment, bedeutet das, die beiden sprechen über Lena? Lena macht sich an Mike heran?

»Ja, die ist auch nicht von schlechten Eltern. Was willst du mehr?«

»Stimmt schon ...«

»Und spätestens morgen Abend kannst du sie endgültig klarmachen. Felix hat wahnsinnig geiles Zeug gekriegt, hat er gesagt. Für uns zum Einführungspreis.«

Ich hebe den Kopf langsam wieder, starre die Wand gegenüber an. Vielleicht ist mieses Karma aus einem früheren Leben dafür verantwortlich, dass ich ständig zur falschen Zeit am falschen Ort bin.

Und weil ich ständig zur falschen Zeit am falschen Ort bin und es nie schaffe, einfach wegzuhören, werde ich im nächsten Leben erneut eine Menge Minus auf dem Karmakonto haben.

Eine Weile herrscht Schweigen. Dann räuspert sich Mike verhalten.

»Nein, lass mal stecken«, erwidert er. »Mir reicht's fürs Erste.«

Ich schließe die Augen, atme erleichtert aus. Dafür nehme ich das Minus gern in Kauf.

»Hmm, ziemlich scheiße gelaufen für dich in letzter Zeit, was?« Der andere klingt ein wenig geknickt, als ob ihm leidtäte, was Mike passiert ist.

»*Ziemlich scheiße* ist noch nett ausgedrückt.«

»Was haste denn eigentlich genommen?«

»Ein Ticket und Wodka, keine Ahnung, wie viel. War wohl keine besonders gute Idee.«

Lena. Ticket. Ich höre die Worte, aber ich finde den Sinn dahinter nicht.

»Hmm.« Erneut eine kurze Pause. »Du kommst morgen trotzdem, oder?«

»Ja, denke schon.«

Das Klacken von Mikes Krücken ertönt auf dem Steinboden. Ich stoße mich von der Wand ab, bereit, kopflos zu türmen, doch glücklicherweise entfernt sich das Geräusch den Gang hinunter in die andere Richtung. Ich kann gerade noch verstehen, dass Mike etwas von *Mathe* und *mich beeilen* sagt, und verziehe das Gesicht.

Mathe. Theo ist heute vielleicht in keinem meiner Kurse. Mike schon.

Meine Mittagspause dauert nur eine halbe Stunde, also muss ich mich beeilen. Ich haste in die Stadt, die Stufen zur Bibliothek hinauf, und bin heilfroh, als ich Peter gleich am Empfangstresen entdecke.

Er hebt den Kopf, lächelt breit. »Mina!«, ruft er. »Ich habe deine Bücher …«

»Ja, danke.« Ich laufe zu ihm hinüber, und er kneift die Augen zusammen.

Peter ist vierundvierzig, unverschämt intelligent und arbeitet in der Bibliothek, seit ich denken kann. Bei meinem ersten Besuch hat er mir ein ausrangiertes Buch geschenkt, seitdem liebe ich ihn abgöttisch. Außerhalb meiner Familie ist er der Einzige, der mir beweist, dass ich in Bezug auf den Kontakt mit anderen Menschen kein völlig hoffnungsloser Fall bin. Und wenn mir jemand helfen kann, meine Fragen zu beantworten, dann er.

Er fixiert mich über seine Brille hinweg, die so schief auf seiner Nase hängt, dass ich mich nicht zum ersten Mal wundere, ob sie nicht vielleicht mehr Accessoire als Hilfsmittel ist.

»Schieß los«, sagt er. Natürlich hat er sofort bemerkt, dass etwas anders ist als sonst.

Ich sehe ihn an, seufze. »Hast du je mit Drogen zu tun gehabt?« Von allen Fragen, die ich hätte stellen können, musste es ausgerechnet diese werden.

Peter lässt das Buch sinken, das er in der Hand hält, und starrt mich entgeistert an. »Mach mir keine Angst, Kleines«, erwidert er.

»Ich doch nicht!« Ich lehne mich über die Theke und stibitze ein Kaubonbon aus der Schüssel mit Süßigkeiten, die eigentlich den jüngeren Besuchern vorbehalten ist. »Ich muss ein Referat halten über Drogenkonsum in Verbindung mit Alkohol.«

»Drogenmischkonsum?«, hilft mir Peter auf die Sprünge.

»Ja, genau.«

»Oh weh.« Er schüttelt missbilligend den Kopf. »Ganz schlechter Einfall, Drogen und Alkohol. Da gibt es Kombinationen, die sich gegenseitig verstärken und –«

Er hält inne, als eine ältere Frau mit einem kleinen Mädchen im Schlepptau den Raum betritt und nach den Kinderbüchern fragt. Peter weist ihr den Weg.

»Was ist ein Ticket?«, will ich wissen, sobald die beiden außer Hörweite sind.

Peters Augen weiten sich, er verschränkt die Arme vor der Brust und lehnt sich in seinem Stuhl zurück. »LSD«, knurrt er. »Und mir gefällt nicht, dass du mit jemandem herumhängst, der dieses Zeug nimmt.«

Ich weiß nicht, was mich mehr erschreckt: dass Mike LSD genommen oder dass Peter mich gleich durchschaut hat.

»Wer sagt, dass ich mit so jemandem rumhänge?«, frage ich ausweichend.

»Ich. Weil du dich seltsam verhältst. Und weil du dir ein Buch zu dem Thema ausleihen würdest, wenn du ein Referat darüber halten müsstest, anstatt mich zu fragen.«

Verdammt. Wahrscheinlich kann er zu allem Überfluss auch noch Gedanken lesen.

Ich greife ein weiteres Mal in die Schüssel mit Süßigkeiten.

»Na, dann suchen Sie mir mal das passende Buch heraus, Herr Bibliothekar«, sage ich und stecke mir zwei Bonbons auf einmal in den Mund. »Ich hole es nächste Woche ab.«

Er schüttelt grinsend den Kopf, und gerade als ich mich umdrehen und in Richtung Ausgang laufen will, steht er von seinem Stuhl auf.

»Mina!«

»Hm?«

»Pass auf dich auf.«

Zwei weitere Schulstunden später warte ich an der Bushaltestelle, weil ich keine Lust habe, heimzulaufen. Eine Handvoll Schüler aus der Unterstufe lungert dort herum, und alle übersehen mich. Kein bewusstes Ignorieren, wie Mike es in unseren zwei gemeinsamen Stunden Unterricht förmlich zelebriert hat, weil er scheinbar noch immer sauer auf mich ist. Hier bin ich einfach unsichtbar, so, wie es sich gehört und wie es mir gefällt.

Nach ein paar Minuten himmlischer Ruhe fährt der Bus in die Wendeschleife. Er hält ein paar Meter entfernt, ich lasse den Kids den Vortritt und will ihnen als Letzte folgen, als sich eine Hand um meinen Ellbogen legt. Ich bleibe stehen. Mein Herz prügelt von innen gegen meine Rippen. Der Busfahrer sieht mich fragend an, ich lächle und trete einen Schritt zurück. Die Türen schließen sich zwischen mir und meiner Unsichtbarkeit, und Theo lässt meinen Ellbogen los.

»Komm mit«, sagt er, dann läuft er zum Parkplatz.

Ich folge ihm.

An seinem Auto angekommen, dreht er sich zu mir um und sieht mich mit ernster Miene an. »Glaubst du mir?«

Ich schlucke, atme, denke – und nicke.

Er legt den Kopf schief, kneift die Augen zusammen, sodass sie innerhalb einer Sekunde von Eisbergblau zu Herbsthimmelblau abdunkeln. »Können wir reden?«

Ich nicke erneut. »Ja.«

Er zögert einen Moment, wartet, ob ich meine Meinung nicht doch noch einmal ändere. Aber das tue ich nicht.

Ich weiß nicht, wo er hinfährt, und es ist mir auch egal. Im Augenblick bin ich froh, wenn ich mich erfolgreich auf eine Sache konzentrieren kann, und gerade scheint mir Atmen das Wichtigste zu sein.

»Du hast kein Asthma oder so was?«, fragt Theo und wirft mir einen beunruhigten Blick zu.

Ich schüttele den Kopf. »Nein, alles gut. Dieser Neuwagengeruch ist nur etwas …«

»Abartig, ich weiß. Wahrscheinlich sprühen die die Innenräume extra ein, um den Verkauf von Duftbäumen anzukurbeln.« Er deutet mit einem Nicken auf ein Trio unterschiedlich gefärbter Duftbomben in Kugelform an seinem Rückspiegel. »Wobei die auch nicht helfen.«

»Aber auf einem Rentner-Treff wärst du damit der Coolste von allen.«

Er lacht. »Einen Versuch war es wert. Vielleicht hätte ich meiner ersten Eingebung folgen und Mike einfach eine Schachtel Zigaretten hier drin rauchen lassen sollen.«

Wir halten an der Ampel, die uns in die Stadt hineinführen würde, doch das ist offenbar nicht Theos Plan.

»Wie geht es ihm?«, frage ich, weil ich für jeden Themenstrohhalm dankbar bin und Mike der nächstbeste ist.

»Na ja.« Theo zuckt mit den Schultern. »Sein Knöchel und sein Wadenbein sind komplett durch, ein paar Prellungen, Schürfwunden, die Gehirnerschütterung – kurz gesagt, ich denke, es tut weh.«

Ich runzele die Stirn. »Und dann geht er schon wieder zur Schule? Ich würde mich an seiner Stelle nicht von der Couch weg bewegen.«

»Etwas in der Art hat Celine auch gesagt.« Ein grimmiger Unterton färbt seine Stimme dunkel, als würde ihm diese Tatsache sauer aufstoßen.

»Und das ist … *falsch*?«, hake ich vorsichtig nach.

»Zumindest Grund genug für Mike, nicht zu Hause zu bleiben.«

Ich warte auf eine Erklärung. Die Ampel schaltet auf Grün, Theo fährt los, keine Erklärung. Ich weiß nicht, ob er sich bewusst so kryptisch ausdrückt, und traue mich nicht, noch einmal nachzufragen. Also schweigen wir uns ausgiebig an. Theo biegt auf die Bundesstraße ab, ich betrachte angestrengt die vorbeiziehende Landschaft, und kurz bevor das Schweigen peinlich zu werden droht, entscheidet Theo, dass es genügt.

»Du fragst schon wieder nicht nach.«

Ich sehe ihn mit großen Augen an.

»Ich hätte nichts dagegen, wenn du zur Abwechslung mal mit mir sprichst, weißt du«, fährt er fort.

»Tue ich doch.«

»Ein paar Sätze lang, ja. Und irgendwann saugst du meine Worte nur noch auf und antwortest nicht mehr. Das ist wie Kommunikations-Pingpong mit einem Schwarzen Loch.«

Während ich ihn mit Blickblitzen überhäufe, setzt er den Blinker und fährt auf einen kleinen Rastplatz, der weniger ein Rastplatz ist als vielmehr eine winzige Einbuchtung neben der Straße. Aber es steht ein Mülleimer dort und eine Bank. Theo hält, schaltet den Motor aus, löst seinen Gurt und dreht sich so weit auf seinem Sitz, dass er mich direkt anschauen kann. Ich fixiere die Stelle zwischen seinen Augen.

»Du machst mich echt fertig.« Sein Blick brennt auf meiner Haut. Wenn er mich weiter so ansieht, platzt mein Kopf, und all meine Gedankenfetzen purzeln heraus. »Wieso tust du das, dieses ständige Schweigen? Ich dachte, du wolltest nett sein?«

»Das habe ich versucht. ›Nett sein‹ funktioniert zwischen uns nicht.«

»Ach so?« Er hebt interessiert die Augenbrauen, und mein Herz sackt einen Meter tiefer, als mir bewusst wird, was ich da gesagt habe. »Jetzt bin ich neugierig. Was funktioniert denn dann?« Mit einem Lächeln, für das er Eintritt verlangen könnte, greift er nach einer Flasche Wasser in der Mittelkonsole.

»Wenn ich das wüsste, würde ich es dir sogar verraten«, erwidere ich mit bemüht fester Stimme. »Aber für den Augenblick muss das hier genügen.« Ich mache eine Geste, die ihn, mich und alles, was gerade passiert, einschließen soll.

Er legt den Kopf schief, mustert mich nachdenklich.

»Okay. Besser als gar nichts«, sagt er schließlich.

»Gut.« Ich schlucke das Zittern in meiner Kehle hinunter. »Also?«

»Also *was*?«

»Warum ist Mike schon wieder in der Schule?«

Mit einem Seufzen dreht Theo den Kopf, sieht eine Weile zum Seitenfenster hinaus. Ich betrachte die widerspenstigen Strähnen, die hinter seinem Ohr hervorspitzen und die Celine wahrscheinlich mit den Fingern geglättet hätte. Als er mich erneut anschaut, wirkt er fast niedergeschlagen.

»Ehrlich gesagt –«, setzt er an und hält kurz inne, um zu überlegen. »Ehrlich gesagt weiß ich nicht, was sein Problem ist. Wahrscheinlich eine Kombination aus vielen kleinen Problemen, die zusammengenommen ein großes ergeben.«

»Und was sind das für kleine Probleme?«, will ich wissen.

Er zieht die Stirn kraus. »Na ja, seit ein paar Monaten kommt er mit Celine nicht mehr so gut zurecht. Die zwei sind –«, er stockt erneut, lächelt schwermütig, »sie sind sich verdammt ähnlich. Viel zu ähnlich.«

»Kein Wunder, sie ist seine Mutter …«

»Trotzdem wäre es besser, er hätte bei manchen Dingen mehr von unserem Dad geerbt.« Noch eine kurze Pause. »Mike versucht seine Probleme dadurch zu lösen, dass er auf Biegen und Brechen genau das tut, was er nicht tun soll. Ich weiß nicht, was er damit noch bezweckt, außer Celine weiter in den Wahnsinn zu treiben.«

»Du könntest ihn fragen.«

Er lacht kurz auf. »Das aus deinem Mund.«

»Auch ich bin lernfähig.«

»Ich erinnere dich bei Gelegenheit daran.« Er mustert mich aufmerksam, nachdenklich. Als würde er nach einer Antwort auf eine Frage suchen, die er mir noch nicht gestellt hat. Nach einem weiteren Schluck aus seiner Flasche gibt er die Suche schließlich auf. »Das ist jedenfalls der Grund, weshalb ich dich am Samstag gebeten habe mitzukommen. Ich wollte ihm das Gefühl geben, er schafft es nicht, die Finger von den Drogen zu lassen. Und je mehr Leute das glauben, desto mehr wird er hoffentlich versuchen, uns vom Gegenteil zu überzeugen. Du warst mein Sidekick, sozusagen.«

»Oh.« Mehr sage ich nicht. Meine Gedanken sind damit beschäftigt, all diese Informationen an die richtige Stelle zu packen.

Theo hebt an, etwas zu erwidern, aber ich hindere ihn mit hektischem Handgefuchtel daran, und obwohl es ihm sichtlich schwerfällt, schließt er gehorsam den Mund. Kleine Funken aus Ungeduld explodieren in seinen Augen. Ich ignoriere, wie attraktiv ihn das macht.

»Ich bin dabei, das alles zu sortieren«, gebe ich widerwillig zu. »Und herauszufinden, ob ein Sidekick ein kleiner dummer Mitläufer ist oder ob er wirklich hilft.«

Jetzt lacht er so sehr, dass sein Gesicht erstrahlt. »Ach ja, die Sache mit den Komplimenten.« Er rümpft die Nase. »Klar, dass du keine erkennst, wenn du keine machen kannst. Vielleicht nützt es was, wenn ich verrate: Der Sidekick rettet manchmal sogar Leben. Du solltest mehr Comics lesen.«

»Also denkst du, es hat was gebracht, dass ich dabei war?«

Ich könnte ihm von dem Gespräch erzählen, das ich heute Vormittag mitbekommen habe, könnte ihm sagen, dass Mike gesagt hat, er hätte genug von den Drogen. Dass sein Plan aufgegangen ist. Aber wäre ich an Theos Stelle, würde ich mir so langsam meine Gedanken darüber machen, weshalb das Mädchen von nebenan plötzlich so viele Gespräche mitbekommt. Außerdem will ich *seine* Meinung hören.

»Ich glaube schon«, sagt er lediglich.

»Du weißt es nicht?«

»Nicht hundertprozentig, nein.« Er zuckt mit den Schultern. »Und mir bleibt nichts anderes übrig, als ihm zu vertrauen«, fährt er fort. »Schließlich kann ich ihn nicht ständig überwachen. Außerdem ist er alt genug, um auf sich selbst aufzupassen.«

»Na hoffentlich«, murmele ich und meine es auch so. »Weißt du denn, wo er das Zeug kauft? Vielleicht kannst du ja dafür sorgen, dass er nichts mehr bekommt.«

Er kneift angriffslustig die Augen zusammen. »Fragst du mich gerade ernsthaft, ob ich auch Drogen nehme?«

»Nein!« Ich schüttele heftig den Kopf. Das war tatsächlich nicht meine Absicht. »Aber wo wir schon beim Thema sind …«

Erneut dieses Lachen, das die Luft um ihn zum Flirren bringt.

»Was passiert, wenn ich zugebe, dass ich es probiert habe?«, will er wissen. »Verkriechst du dich dann wieder in deinem Schubladendenken und sprichst nicht mit mir, weil ich so ein schlechter Mensch bin? In dem Fall würde ich es nämlich abstreiten.«

»Ich habe nie behauptet, dass du ein schlechter Mensch bist.«

»Du hast geglaubt, ich hätte mit Lena rumgemacht. Schlechter als das geht wohl kaum.«

Ich bin noch dabei, eine passende Antwort zu basteln, als sein Handy läutet. Er greift danach, drückt ein paarmal darauf herum und verzieht dann erschrocken das Gesicht.

»Verdammt!«, flucht er, steckt das Telefon weg und startet den Wagen. Während er losfährt und zugleich nach dem Gurt fischt, wirft er mir einen entschuldigenden Blick zu. »Ich hab das Abschlusstraining für den Wettkampf morgen vergessen.«

So schnell bin ich noch nie durch die Stadt gefahren und werde es hoffentlich auch nie wieder tun.

Mir ist schwindelig, als ich endlich aus dem Wagen steige und mich zum hundertsten Mal dafür entschuldige, dass ich Cola auf der Fußmatte verschüttet habe. Theo nimmt es mit einem Achselzucken zur Kenntnis.

»Vielleicht überdeckt das den Neuwagengeruch« ist alles, was er sagt.

Eigentlich wollte er mich erst nach Hause fahren, aber weil er sowieso schon viel zu spät dran ist und ich keine Sekunde länger in dieser Todesmaschine auf Rädern sitzen wollte, habe ich ihn davon überzeugt, dass ich durchaus ein paar Straßen laufen kann.

Ich warte, bis er seine Sporttasche aus dem Kofferraum geholt hat.

»Bisher gar nicht schlecht für einen Reboot, oder?«, fragt er, sobald er vor mir steht.

Ich verkneife mir ein Grinsen und nicke.

»Dann gibt es also keinen Grund, das nicht zu wiederholen.«

Sachlich betrachtet gibt es den tatsächlich nicht. Außer …

»Außer, dein Bruder reißt mir doch noch den Kopf ab.«

Ehe er etwas erwidern kann, beginnt nun mein Handy mit wütendem Vibrieren in meinem Rucksack um Beachtung zu betteln. Theo wirft einen verstohlenen Blick auf seine Uhr.

»Geh!«, sage ich und wühle nach dem Telefon. »Sonst kriegst du noch Ärger.«

Er lacht, dreht sich um und joggt in Richtung Schwimmhalle.

»Den krieg ich sowieso«, ruft er in dem Moment über seine Schulter, als ich das brummende Handy in die Finger bekomme.

Eingehender Anruf Mama Handy leuchtet auf dem Display und direkt darüber drei verschiedene Nachrichtensymbole.

»Ich wohl auch«, murmele ich und nehme das Gespräch an.

Zwei Stunden später bin ich immer noch damit beschäftigt, Mama zu beruhigen. Sie war außer sich vor Sorge, weil ich weder auf Anrufe noch WhatsApp-Nachrichten oder SMS reagiert habe, und bereits kurz davor, sich auf die Suche nach mir zu machen. Dabei habe ich das Telefon im Rucksack einfach nur nicht gehört.

»Und du warst mit Theo unterwegs?«, fragt sie in diesem Moment. Schon wieder.

»Ja, Mama«, seufze ich. »Und es tut mir wirklich leid, dass ich nicht Bescheid gesagt habe. Ich habe es einfach vergessen.«

Sie sieht mich an, den Blick nach wie vor durch Unsicherheit getrübt. Aber allmählich entspannt sie sich.

»Du wolltest doch immer einen richtigen Teenager aus mir machen«, sage ich grinsend. »Ich arbeite dran.«

Jetzt lacht sie, befreit, und ich weiß, ich habe gewonnen.

Als ich gegen zehn Uhr todmüde ins Bett falle und mehr aus Zufall als aus Neugier noch einmal auf mein Handy schaue, bin ich ehrlich überrascht, eine Nachricht von Theo vorzufinden, die er vor über einer Stunde geschrieben hat.

20:59 Neuen persönlichen Rekord geschwommen. Drück mir die Daumen morgen.

Heißt das, der Wettkampf findet während des Unterrichts statt?

22:07 Wann morgen?, tippe ich.

Keine Minute später erscheint *schreibt …* unter seinem Namen.

22:08 Ab elf. Total bescheuerte Zeit, aber wenigstens den ganzen Tag schulfrei. Du musst trotzdem die Daumen drücken.

22:09 Kommt auf die Gegenleistung an.

22:10 Ah, verstehe. Wie wär's, wenn ich heimlich Fotos von den ganzen halb nackten Jungs mache und sie dir Freitagabend zeige?

Freitagabend?

22:13 Mike will feiern gehen, wenn ich gewinne. Und wenn ich verliere. Und wenn ich im Mittelfeld lande, auch. Ich habe ihm gesagt, dass ich dich mitnehme.

Super. Freut mich.

22:17 Er hat versprochen, brav zu sein.

Als ob das einen Unterschied machen würde. Es fällt mir schon schwer genug zu akzeptieren, dass meine Welt sich inzwischen in eine andere Richtung dreht. Aber dass sich nun auch andere Personen mit mir drehen, wird mir langsam suspekt. Ich meine, feiern gehen …? Meine letzte Party war der dreizehnte Geburtstag der Millers.

22:22 Okay, ich muss aufhören. Denk darüber nach und sag mir Bescheid.

Den ganzen Donnerstag grüble ich darüber, ob man jemandem auf nette Art und Weise absagen kann. Und wenn ja, wie.

Ab elf Uhr drücke ich die Daumen. Ich drücke sie knapp

über eine Stunde, weil ich nicht weiß, wie lange solche Wettkämpfe dauern. Ich könnte Mike fragen, mit dem ich die erste halbe Stunde des Daumendrückens Unterricht habe, doch wir ignorieren uns so angestrengt, dass es fast schon komisch wirkt.

In der Mittagspause schreibe ich Theo schließlich eine Nachricht mit der äußerst einfallsreichen Ausrede, dass mir etwas dazwischengekommen ist. Ich tippe, kontrolliere, kontrolliere ein zweites Mal, schicke die Nachricht allerdings nicht ab. Ein winziges Staubkorn aus Neugier hindert meine Finger daran. Ich starre auf die Buchstaben, bis meine Augen aus Versehen zur Uhrzeit nach oben huschen, und springe erschrocken von der Bank auf. In ein paar Minuten fängt Sport an. Basketball. Wunderbar.

Ich laufe lustlos meinem Team hinterher, drehe dabei meine getippten Worte in Gedanken ständig um mich selbst – bis mich der Ball mit voller Wucht seitlich am Kopf trifft. Luisas Pass, natürlich. Nicht dass ich sonst die große Sportskanone wäre, aber einen Ball fangen kann ich normalerweise. Jetzt brummt mein Schädel, und ich darf den Rest der Stunde von der Bank aus zuschauen, weil ich angeblich *ein wenig grün im Gesicht* bin. Lena und Luisa tuscheln hinter vorgehaltener Hand und grinsen dabei anzüglich.

Was sie wohl sagen würden, wenn sie von Theos Einladung wüssten? Und wenn ich sie annehmen würde? Wahrscheinlich würden sie hyperventilierend in der Ecke zusammenbrechen.

Auf dem Heimweg wächst das Staubkorn aus Neugier zu einer Wollmaus an und trifft plötzlich auf eine zweite Wollmaus, die unbeachtet in einer anderen Sphäre meines Hirns entstanden ist: Mut.

Ich krame mein Handy hervor, lösche die Nachricht, die noch immer darauf wartet, gesendet zu werden, und schreibe eine neue.

Erstaunlich, Kleider machen tatsächlich Leute.

Ich stehe vor dem Spiegel und sehe stirnrunzelnd an mir herab. Dabei trage ich nur eine etwas engere Jeans als üblich – eine, die schon mindestens zwei Jahre auf diesen Moment gewartet hat – und dazu ein schmal geschnittenes Top, das im Nacken gebunden wird und den oberen Teil meines Rückens frei lässt. Mir ist jetzt schon kalt, und beim Gedanken daran, dass ich darin das Haus verlassen soll, überläuft mich ein Zittern.

»Woher hast du solche Klamotten?« Ich werfe Mama einen skeptischen Blick über die Schulter zu, und sie bemüht sich, das Grinsen auf ihrem Gesicht nicht von einem Ohr zum anderen reichen zu lassen.

Es gelingt ihr nicht. »Das gehört nicht mir. Ich habe es für dich gekauft.«

»In der Hoffnung, mich schneller aus dem Haus zu bekommen, wenn ich es irgendwann einmal trage?« Ich drehe mich zurück zum Spiegel, zupfe ein wenig am Saum, bis er einen Millimeter tiefer sitzt.

»In der Hoffnung, es steht dir so gut, wie ich gedacht habe.« Sie erhebt sich von ihrem Bett, stellt sich neben mich und klopft mir auf die Finger. »Und jetzt hör auf, daran herumzuzerren!«

»Ich weiß nicht, Mama. Das passt nicht zu mir«, jammere ich, während sie meine schwarzen Haare zu einem wirren Knoten dreht und mit zwei Handgriffen bombensicher befestigt. Ich kann bloß staunend zusehen.

»Nichts hiervon passt zu dir«, murmelt sie versonnen. »Und ehrlich gesagt weiß ich noch nicht so recht, was ich davon halten soll.«

Ich mustere ihr Spiegelbild mit großen Augen.

»Du weißt, dass ich Theo mag«, setzt sie an.

»Aber?«

»Aber ich möchte, dass du trotzdem vorsichtig bist.«

»Inwiefern?«

Sie seufzt. »Es ist nicht immer alles Gold, was glänzt, Mina«, sagt sie. »Und ich fürchte, Theo weiß das aus eigener Erfahrung.«

Ich schlucke blinzelnd gegen mein Unbehagen an. Nicht ein einziges Mal ist mir bisher der Gedanke gekommen, Mama oder Papa könnten etwas von Mikes Problem mitbekommen haben – was in einer Kleinstadt wie unserer natürlich ziemlich naiv ist. Sie haben Bekannte, Freunde, sind Mitglieder im Sportverein …

Einen Moment lang glaube ich, dass sie mir nun doch noch verbieten wird, mit Theo wegzugehen. Stattdessen dreht sie mich herum und lächelt.

»Du siehst wunderschön aus.«

Ich ducke mich unter ihrem Arm hindurch, werfe ihr einen letzten fragenden Blick zu, den sie mit einer Kusshand erwidert, und verschwinde in meinem Zimmer. Ich habe ohnehin nur noch fünf Minuten Zeit. Eilig packe ich mein Handy, etwas Geld und meinen Ausweis ein, ziehe die uralte Lederjacke über, die irgendwann mal Mama gehört hat, und hetze die Treppe hinunter.

»Ich bin dann weg!«, rufe ich ins Wohnzimmer, ernte statt einer Antwort allerdings nur zustimmendes Brummen.

Ein nervöses Lächeln zieht an meinen Mundwinkeln. Meine Eltern und Marik geben sich wirklich alle Mühe, ihre Anspannung zu verbergen. Und das macht mich nur noch viel hibbeliger.

»Aber komm nicht so spät!«, ermahnt Papa mich schließlich doch noch, ehe die Tür hinter mir ins Schloss fällt.

Draußen ist es lange nicht so kalt, wie ich befürchtet habe. Vielleicht liegt es an meiner Aufregung, vielleicht daran, dass Theo schon an seinen Wagen gelehnt in unserer Auffahrt steht und mich erwartet. Er hat die Arme vor der Brust verschränkt, trägt dunkelblaue Jeans und ein schwarzes, eng anliegendes Langarmshirt. Seine Haare sehen aus, als wäre er gerade aus dem Bett gefallen.

»Sie haben einen Abend mit dem größten Schwimmstar der Stadt gebucht?« Er grinst selbstzufrieden.

»Ich dachte, du bist nur Zweiter geworden?«

»*Nur* Zweiter?« Er legt den Kopf schief. »Der Einzige, der mich geschlagen hat, ist Jahrgangsmeister. Außerdem kommt er nicht von hier, also …«

»Schon gut, tut mir leid.« Ich verbeuge mich kurz. »Das macht dich wohl zum größten Schwimmstar der Stadt.«

»Allerdings. Bist du bereit?«

»Nein. Aber wir können trotzdem los.«

»Mehr wollte ich nicht hören.« Er stößt sich von der Fahrertür ab, öffnet sie. »Nach dir.«

Disco.

Allein das Wort löst schon Unbehagen in mir aus. Ich hasse es, dass die Lautstärke der Musik meine Trommelfelle an den Rand ihrer Leistungsfähigkeit zwingt, hasse es, von fremden Menschen berührt zu werden, weil nicht genug Platz da ist, um sich auszuweichen. Dabei hat Theo mich extra in eine ruhige Ecke gelotst, sobald ihm aufgefallen ist, dass ich mich unwohl fühle, und schirmt mich mit seinem Körper ab, so gut er kann. Als in der Nähe ein Tisch mit ein paar Sesseln frei wird, zögert er keine Sekunde.

Ich lasse mich auf die Polster fallen und atme erleichtert auf.

»Besser?«, fragt er. Obwohl er direkt neben mir sitzt, muss er sich nach vorne lehnen und beinahe brüllen, damit ich ihn verstehe.

»Geht schon«, erwidere ich und schaue mich suchend um. »Wo ist Mike?«

Kaum dass wir durch die Tür waren, hat Mike sich ohne ein Wort abgesetzt. Nicht dass er vorher im Auto viel gesprochen hätte – überhaupt gesprochen hätte, um genau zu sein.

»Er wollte jemanden suchen. Keine Sorge, er ist schon groß. Er findet uns.« Theo lächelt und beugt sich noch ein wenig weiter zu mir. »Ich hole was zu trinken. Irgendwelche Wünsche?«

»Cola«, sage ich.

Er nickt, steht auf und schiebt sich durch die Menge davon.

Während er weg ist, verkrieche ich mich in meinem Sessel und beobachte die Leute um mich herum. Alle scheinen ein Ziel zu haben und niemand Zeit. Lieber schreien sie sich gegenseitig im Gehen über die Schulter an, verschütten Getränke und regen sich dann darüber auf. Aber weil niemand stehen bleibt, bemerkt mich auch keiner. Als Theo zurückkommt, habe ich bereits vier bekannte Gesichter gezählt.

»Die ist hoffentlich nicht für dich.« Mit hochgezogenen Augenbrauen deute ich auf die Flasche Sekt in seiner Hand. »Sonst zahlst du mein Taxi.«

Er lacht. »Nein. Mike kann sie wegen der Krücken nicht tragen.«

Bevor ich nachfragen kann, ob Mike tatsächlich Sekt trinkt, taucht er hinter Theo auf, mit zwei Mädchen im Schlepptau. Die beiden sehen aus wie griechische Göttinnen in ihren hellen bodenlangen Jumpsuits, und als ob das nicht reichen würde, um mich in Selbstzweifeln zu ertränken, erkenne ich kurz darauf, wen er da mitbringt.

Theo lässt sich in den Sessel neben meinem fallen, die Hand auf meiner Sessellehne. Lena schaut erst mich und danach ihn mit ungläubig aufgerissenen Augen an, während Luisa nur wortlos den Kopf schüttelt. Allein für diesen Anblick hat sich der ganze Aufwand gelohnt, griechische Göttinnen hin oder her.

»Was macht *die* denn hier?«, giftet Lena und verschränkt ihre Arme vor dem Körper.

»Ich habe sie mitgebracht«, erwidert Theo. »Mina, du erinnerst dich an Hanni und Nanni, oder?«

Luisa verdreht stöhnend die Augen. Ich kann mir ein Grinsen nicht verkneifen und lasse schnell den Kopf sinken, ehe es jemand bemerkt.

Nach nicht einmal einer Stunde breitet sich in meinem Kopf ein leichtes Pochen aus, das allmählich zu einem Wettkampf von zwei Dampfloks wird, die im Wechsel gegen meine Schläfen krachen. Ich habe bereits die dritte Flasche Cola getrunken in der Hoffnung, dass ich durch die Hitze bloß ein wenig dehydriert bin – oder dadurch, dass ich noch immer die Lederjacke trage –, aber das hilft rein gar nichts. Im Gegenteil, nun muss ich auch noch auf die Toilette.

Luisa ist relativ schnell beleidigt davongeschlichen, als sie begriffen hat, dass Theo sich nicht für sie interessiert, während Lena sich immer weiter an Mike herangearbeitet hat. Ich weiß nicht, ob sie mir, Theo oder sich selbst damit etwas beweisen will, jedenfalls sind ihre hartnäckigen Annäherungsversuche nur ein weiterer Grund, meine Aufmerksamkeit Theo zu widmen. Alle paar Minuten wird er von irgendwelchen Leuten angesprochen und bemüht sich jedes Mal, sie schnell wieder loszuwerden. Doch ich finde es ziemlich spannend, ihm einfach nur zuzusehen und zuzuhören.

So langsam übertönt das Hämmern in meinem Kopf allerdings nicht nur seine Gespräche, sondern auch die Musik, der ich dieses Hämmern zu verdanken habe.

»Du wirkst, als wärst du ganz woanders.« Theo beugt sich nah an mein Ohr, damit er nicht so laut reden muss.

Ich verziehe entschuldigend das Gesicht, schaue ihn an – und zucke zurück, weil er näher ist als gedacht. Sehr viel näher. Ich kann winzige Lachfältchen erkennen, die seine jetzt mitternachtsblau leuchtenden Augen umrahmen.

»Ähm … ja. Nein«, stottere ich, und er grinst. »Ich habe nur ein bisschen Kopfweh. Diese Lautstärke – ich bin das nicht gewöhnt.«

Er betrachtet mich noch einen Moment länger, lässt seine Augen über meine gleiten, dann über meine Haare, meine Nase, meinen Mund …

»Okay.« Er stellt sein Glas ab, steht auf. »Ich suche Mike und sage ihm, dass ich dich nach Hause bringe.«

Mike suchen? Ich werfe einen Blick hinüber. Mikes Sessel ist leer, auch Lena ist nicht mehr da. Vielleicht haben sie entschieden, dass ein wenig Privatsphäre nicht verkehrt wäre?

»Nein, nicht nötig. Ich warte, bis ihr geht.« Ich deute an, dass er sich wieder setzen soll, stattdessen beugt er sich zu mir herunter.

»Ich glaube kaum, dass du das willst. Könnte spät werden«, sagt er. Sein Atem streift mein Ohr, und ich schlucke gegen mein Herzklopfen an.

»Wirklich, du musst nicht extra fahren. Nicht dass du die beiden störst.«

»Umso besser.« Er dreht seinen Kopf, sieht mich von der Seite an. »Außerdem muss ich nicht, ich will.«

Ich starre reglos geradeaus und hoffe, dass der Moment schnell vorbeigeht, weil ich nicht weiß, wie ich darauf reagieren soll. Es dauert ewig, bis er sich wieder aufrichtet.

»Wartest du draußen?«, will er wissen.

»Ja. Das heißt, kann ich vorher noch kurz …«

»Hinter der Bar links. Neben den Treppen.« Damit dreht er sich um und ist gleich darauf verschwunden.

Sobald meine Beine sich nicht mehr wie gekochte Spaghetti anfühlen, stehe ich auf. Die Treppen, die Theo gemeint hat, führen zur Galerie, und auf der Tür daneben ist ein winziges Blechzeichen angebracht, das erst auf den zweiten Blick als *pee* zu erkennen ist. Keine Angabe, ob für Frauen oder Männer, nur *pee* wie *pinkeln*. Großartig. Ich zögere, überlege, ob ich richtig bin. Aber soweit ich sehen kann, ist in der Nähe keine weitere Toilette.

Als die Tür hinter mir zufällt und ich ein paar Schritte in den Raum hinein gemacht habe, weiß ich, dass ich *nicht* richtig bin.

»Mann, kannste nich lesen, oder was?«

Eigentlich will ich nur wieder hinaus und bin schon fast auf dem Weg, als mich einer meiner Sprechen-ohne-denken-Momente überfällt.

»Lesen, schreiben *und* rechnen, stell dir vor.«

»Was?« Der Kerl, groß wie ein Schrank und mit langen, strähnigen Haaren, steht mitten im Raum und versucht, mich zu Boden zu starren.

Weiter hinten, auf einer niedrigen Mauer, die die Kabinen von den Waschbecken trennt, sitzt jemand mit dem Rücken zu mir und schüttelt den Kopf.

»Nichts«, erwidere ich.

»So is richtig. Und glotz auf die Tür, bevor du wo reingehst.«

»Das habe ich, Sherlock.« Ich will mich umdrehen, doch er lässt nicht locker.

»Und kommst trotzdem rein? Brauchst du was?«

»Eine Toilette wäre gut.«

»Die Tür is blau«, antwortet er und zieht mit einem ekelerregenden Geräusch die Nase hoch. »Also brauchste nun was? Was und wie viel?«

Ich hebe die Augenbrauen. Versucht dieser Typ, mir gerade Drogen zu verkaufen?

»Alte, schwer von Begriff, oder?« Er dreht sich im Kreis, die Arme ausgestreckt. »Das hier is das Männerklo. Die Tür is *blau*, kapiert?«

»Schon beim ersten Mal, als du es erwähnt hast. Wolltest du mir eben …«

»Hey, lass gut sein.« Als ich seine Stimme höre, zuckt mein Blick nach hinten. Er bleibt sitzen, völlig reglos, und in mir zieht jemand die Sicherung aus einer Handgranate. »Eure Toiletten sind auf der anderen Seite der Treppe.«

»Mike?«, frage ich tonlos.

Der Typ mit den Fettsträhnen sieht ihn ungläubig an. »Kennst du die? Is die behindert, oder was?«

Mike seufzt, steckt etwas in seine Hosentasche und greift dann nach den Krücken, die neben ihm stehen und die ich übersehen habe. Mit einem Ächzen steht er auf. »Nein, Mann, ganz und gar nicht. Sie ist bloß zum ersten Mal hier.«

»Ist das dein Ernst?«, fauche ich, sobald er es wagt, mir in die Augen zu schauen. »Was zur Hölle tust du da?«

»Warum kümmerst du dich nicht wieder um deine eigenen Angelegenheiten?«, erwidert er eisig, während er um die Mauer herum humpelt. »Geh einfach, okay? Raus und rechts.«

»Mit Vergnügen.« Ich reiße die Tür auf und laufe den Weg zurück, den ich gekommen bin. Ich will nur weg hier. Einen Tag hat sein Vorsatz gehalten, einen ganzen besch–

»Warte.« Trotz seiner Krücken ist er bereits drei Schritte hinter mir.

»Lass mich in Ruhe, Mike.«

»Warte« – er bekommt meinen Arm zu fassen, zwingt mich, stehen zu bleiben – »doch mal.«

Am liebsten würde ich ihm eine scheuern, egal ob es jemand mitbekommt oder nicht. Aber ausgerechnet jetzt sieht er Theo so ähnlich, dass meine Wut beinahe verraucht. Ein Lachen platzt aus mir heraus, prallt direkt in sein überraschtes Gesicht.

»Wenn du jetzt sagst, das war nicht, wonach es ausgesehen hat, drehe ich durch.«

Er stößt die Luft durch die Nase aus und lässt den Kopf sinken.

»Dachte ich mir.« Ich nicke.

Zwei Mädchen laufen an uns vorbei, kichernd wie zwölfjährige Gören. Diese Sache – dieses unbewusste Erregen von Aufmerksamkeit allein durch seine Anwesenheit – funktioniert also nicht nur bei Theo.

»Hast du nicht mehr alle Tassen im Schrank? Wieso kaufst du schon wieder irgendwelches Zeug?«

»Gerne noch ein bisschen lauter, damit es die Security auch hört«, knurrt er. »Und du weißt doch gar nicht, ob ich was gekauft habe. Hast du es gesehen?«

»Wirklich, Mike?« Ich verschränke die Arme vor der Brust, sehe ihn herausfordernd an.

Er starrt mit zusammengekniffenen Augen zurück. Ich warte, dass er etwas erwidert, sich entschuldigt, es zugibt – nichts. Lächerlich. Mit einem verächtlichen Schnauben drehe ich mich um und laufe weiter.

»Raus und *rechts*, habe ich gesagt!«, ruft er mir nach.

»Dein Bruder ist sicher genauso schlau wie ich, wenn es darum geht, eins und eins zusammenzuzählen.«

»Mina!« Zum ersten Mal seit über drei Jahren spricht er mich mit meinem Namen an, und als er mich diesmal erwischt, ist sein Griff um meinen Arm so fest, dass es wehtut.

»Tu das nicht«, sagt er, ganz ruhig und leise. »Theo glaubt mir nie, dass ich das Zeug nicht für mich gekauft habe.«

»So ein Zufall. Ich nämlich auch nicht.« Ich will mich losreißen, doch er lässt mich nicht. Stattdessen zieht er mich ein Stück näher, bis wir höchstens noch zwanzig Zentimeter voneinander entfernt sind. »Bitte«, presst er zwischen seinen Zähnen hervor. »Ich schwöre, es ist nicht für mich.«

»Für wen sonst?«

Er zögert.

Ich schüttele den Kopf, versuche, mich erneut aus seinem Griff zu befreien.

»Lena und Luisa«, antwortet er schließlich, und der Druck seiner Finger lässt ein wenig nach. »Sie wollen bloß ein paar kleine Pillen einwerfen, bisschen Spaß haben.«

»*Bloß ein paar …?* Sie haben Alkohol getrunken! Keine Ahnung, wie dann *ein paar kleine Pillen* wirken. Schon vergessen, was passiert ist, als *du* versucht hast, das herauszufinden?«

»Danke für die Predigt«, erwidert er und verdreht genervt die Augen. »Heißt das, du glaubst mir?«

»Nein! Und ich weiß gar nicht, weshalb ich mich darüber aufrege. Eigentlich kann mir egal sein, was du tust, und noch viel mehr, was dieses Miststück Lena tut.«

Er legt den Kopf schief, ähnlich wie Theo, wenn er überlegt. »Was soll das denn jetzt?«

»Nichts. Lass mich los.«

Sein Blick huscht über mein Gesicht wie ein Suchscheinwerfer. Ich muss mich zusammenreißen, um ihm nicht auszuweichen.

»Theo hat auch schon so einen dummen Spruch losgelassen«, sagt er. »Was geht hier ab?«

»Mike. Nimm deine Hand weg.«

»Denkt ihr, ich bin mit ihr zusammen?«

»Selbst wenn, es ist mir egal. Okay?« Ich reiße mich los. »Sie kann dir ihre Zunge sonst wohin stecken, solange ich nicht wieder ein Bild davon in meinem Rucksack finde.«

»Wie bitte?« Seine Stimme klingt so kalt, wie mein Herz sich anfühlt.

Alles, was sich in den letzten Jahren in mir angestaut hat, sprudelt plötzlich nach oben wie Lava aus einem zum Bersten gefüllten Vulkan.

»Spielt eure blöden Spielchen ruhig weiter, macht, was ihr wollt. Aber eins sage ich dir, *die* ist nicht gut genug für dich. Jede andere wäre besser. Jede.«

Er lacht spöttisch auf. »Echt jetzt? Nach drei Jahren kommst du aus deinem Loch gekrochen und willst mir erzählen, wer oder was gut für mich ist? Ausgerechnet du?« Er zieht gereizt die Augenbrauen zusammen, und anders als bei Theo bilden sich bei ihm gleich zwei Falten dazwischen. »Besser, du rührst erst mal in deinem eigenen Kaffeesatz. Mutter Teresa bist du nämlich auch nicht.«

Der Ausdruck auf seinem Gesicht verändert sich, mehr und mehr Wut spiegelt sich darin. Das gefällt mir nicht, und ich weiche vorsichtig einen Schritt zurück.

»Ich weiß nicht, was du meinst«, gebe ich kleinlaut zu.

»Du weißt es nicht? Gut, ich sage dir, was ich meine!« Jetzt wird er laut, und das gefällt mir noch weniger. »Statt darüber zu urteilen, wer gut genug für mich ist, solltest du vielleicht darüber nachdenken, wer gut genug für Theo ist. Du jedenfalls nicht.«

Ich fühle die Wucht seiner Worte, als hätte er mich geschlagen. Wie kommt er jetzt ausgerechnet auf dieses Thema?

»Ich habe nie behauptet, dass ich das wäre«, entgegne ich. »Und ich bin auch nicht hier, um deinen Bruder aufzureißen, falls du das denkst.«

Mike lacht erneut und schüttelt dann abfällig den Kopf. »Stell dir vor, das brauchst du gar nicht. Er ist immer noch total verschossen in dich. Und wenn du mal wieder das Gefühl hast, die ganze Welt ist ein Arschloch und du kommst besser ohne Theo zurecht, kratzt du ihn von deinem Schuh und gehst einfach weiter. Wie beim letzten Mal, als du ihn völlig in der Hand hattest.«

Theo wartet bereits draußen auf mich.

Kein Wunder, denn nachdem Mike mich ohne ein weiteres Wort stehen gelassen hat, hätte mich nichts und niemand dazu bringen können, auch nur einen Schritt weiter Richtung Ausgang zu gehen. Also habe ich gesucht, bis ich endlich diese blöde Tür zum Damenklo gefunden habe. Dort stand ich zehn Minuten mit dem Kopf gegen die kalten Fliesen gelehnt und habe nachgedacht. Darüber, was ich tun soll. Darüber, ob ich Theo erzählen soll, dass sein Bruder *kleine Pillen* gekauft hat. Darüber, wie ich damit umgehen soll, dass er angeblich etwas für mich empfindet.

Als Theo mich bemerkt, legt sich seine Stirn in Falten.

»Was ist passiert?«, fragt er alarmiert.

Ich schüttele den Kopf.

»Nichts. Können wir bitte einfach fahren?«

»Klar können wir.« Er legt den Kopf schief, mustert mich einen Moment, dann dreht er sich um und läuft zu seinem Wagen.

Ich folge ihm mit zwei Metern Abstand.

»Ich habe Mike eine Nachricht geschickt, dass ich dich nach Hause bringe«, sagt er. »Keinen Schimmer, wo er steckt.«

Ich erwidere nichts, gehe nur hinter ihm her und denke über Mikes Worte nach. Als wir am Auto ankommen, zögert Theo. Mit jeder Sekunde, die vergeht, verdunkelt sich seine Miene mehr, und weil ich nicht weiß, was ich sonst tun könnte, öffne ich die Beifahrertür und lasse mich auf den Sitz fallen. Die ersten Minuten der Heimfahrt verbringen wir in Schweigen. Ich starre zum Seitenfenster hinaus, während das Gespräch mit Mike in meinem Kopf nachhallt.

»Also gut«, platzt Theo plötzlich in die Stille hinein. »Was auch immer ich diesmal angestellt habe, es tut mir leid. Aber bitte, *bitte,* hör auf, so zu tun, als wäre ich nicht da, und rede mit mir. Das macht mich echt irre.«

Ich sehe ihn an. Er hat die Augen starr nach vorne auf die Straße gerichtet.

»Du hast nichts angestellt«, versichere ich ihm.

»Irgendjemand sonst?« Sein Blick findet meinen, ganz kurz nur, weil er sich aufs Fahren konzentrieren muss. »Bist du angequatscht worden?«

»Nein.«

»Sondern?«

Ich will ihm nichts davon erzählen, ich will nicht. Doch irgendetwas *muss* ich ihm sagen. Vielleicht, wenn ich die Wahrheit ein wenig schöne …?

»Ich habe mit Mike gesprochen.«

Es dauert eine Weile, bis Theo darauf reagiert. Schließlich nickt er und murmelt ein lang gezogenes »Okaaaay«.

Ich hoffe, dass er es dabei belässt. Tut er aber nicht.

»Über was habt ihr gesprochen?«

»Alles Mögliche, nichts Besonderes«, murmele ich ausweichend. »Ich habe mich in der Toilettentür geirrt, und er kam mir entgegen.«

Theo wirft mir einen weiteren Blick zu. »Hm.«

Den restlichen Weg über schweigt er, und ich verkrieche mich dankbar in der summenden Stille, während die Gedanken in meinem Kopf stetig lauter werden. *Er ist immer noch total verschossen in dich.* Immer noch …

Vielleicht hat Lena das im Gegensatz zu mir die ganze Zeit über geahnt und sich deshalb damals diese Geschichte mit den Fotos einfallen lassen? Um zu verhindern, dass ich es eines Tages selbst herausfinde oder Theo sich traut, es mir zu sagen, und ich aus meiner »Alle hassen mich«-Schleife ausbreche?

Als Theo schließlich vor unserer Einfahrt hält, den Motor abstellt und seinen Kopf auf das Lenkrad sinken lässt, warte ich kurz, ob er noch etwas sagen möchte. Dabei würde ich nichts lieber tun, als dieses Auto, diesen Abend hinter mir zu lassen und mich in meinem Zimmer zu verkriechen. Weil Theo weiterhin schweigt, wünsche ich ihm eine Gute Nacht und öffne die Tür.

»Er will, dass du dich von mir fernhältst, nicht wahr?«

Ich sehe ihn an. Er starrt auf das Audi-Zeichen direkt vor seinen Augen, und nach kurzem Zögern lasse ich die Tür wieder zufallen.

»Schon möglich.«

»Weil er nicht will, dass es mir genauso dreckig geht wie beim letzten Mal.«

»Auch möglich.«

»Und warum es mir so dreckig ging, hat er dir sicher ebenfalls erzählt.«

Ich presse die Lippen aufeinander, kämpfe gegen das Gefühlschaos in meinem Inneren an – und nicke. Theo stöhnt entsetzt auf.

»So ein Vollidiot.« Er hebt die Hände, reibt mit den Ballen über seine Stirn. »Das ist doch ewig her. Tut mir leid, dass er dir das vorgehalten hat.«

Ewig her? Bei Mike eben klang das ganz anders, und obwohl mein Gespräch mit ihm mehr als bescheiden gelaufen ist, gefällt mir seine Variante ehrlich gesagt besser.

Theo dreht den Kopf, als ich nichts erwidere, seine Augen weiten sich, und er richtet sich ruckartig auf. Selbst im Dunkeln kann ich die Farbe seiner Iris erkennen. Das erinnert mich an einen Spruch unseres Biolehrers: Nachts sind alle Katzen grau, außer blaue.

»Oh Gott, was hat er denn noch erzählt?«

»Ähm … also …« Während ich damit beschäftigt bin, das Durcheinander in meinem Kopf zu ordnen und zugleich nach einer Antwort zu suchen, die uns aus dieser völlig verfahrenen Situation heraushilft, steigert Theo sich weiter in seine Aufregung hinein. »Das ist jetzt nicht wahr, oder?«

»Theo, er wollte …«

»Ich bring ihn um. Dieser *elendige* Vollidiot! Wieso kann er nicht die Klappe halten?«

Ich schaue betreten auf meine Finger hinab. Etwas anderes fällt mir nicht ein, und zu etwas anderem bin ich im Moment auch gar nicht fähig. Mein Herz rast. Ich könnte fliegen und zerfallen zugleich.

»Tut mir leid«, sagt Theo schon wieder und starrt in die Nacht hinaus. »Ich wollte wirklich nicht, dass du es erfährst. Ich dachte, das Thema ist erledigt. Aber dann bist du auf dem Dach aufgetaucht und hast nach über drei Jahren plötzlich wieder mit mir gesprochen. Du hast als Einzige gefragt, wie es Mike geht …«

»Theo.« Ich berühre ihn leicht am Ellbogen. »Es gibt nichts, wofür du dich entschuldigen musst.«

Er lächelt. Ein beinahe trauriges Lächeln.

Viertel nach eins fällt die Haustür hinter mir ins Schloss.

Ich bin erschöpft, mein Kopf dröhnt noch immer, und ich freue mich auf mein Bett. Mama hat natürlich auf mich gewartet und überfällt mich schon im Flur, das Gesicht ein einziges gespanntes Fragezeichen.

»Wie war es?«, will sie wissen.

»Vor allem unglaublich laut.« Ich werfe meine Jacke über die Garderobe, drücke ihr einen Kuss auf die Wange und gähne herzhaft. »Können wir morgen reden?«

Ihre Neugier weicht Enttäuschung, aber sie nickt tapfer.

»Nacht, Mama.«

»Schlaf gut.«

Ein leises Pfeifen klingt in meinen Ohren, während ich mich im Badezimmer abschminke, meine Zähne putze und die Haare löse. Das Pfeifen hört auch nicht auf, als ich in mein Zimmer husche, dort meine Schuhe und die Hose ausziehe, das Deckenlicht lösche und stattdessen die Schreibtischlampe anknipse. Erschrocken drehe ich mich um, als plötzlich mein Handy auf meinem Nachttisch vibriert.

1:25 Hast du noch kurz Zeit?

Theo. Ich dachte, er wäre schon wieder auf dem Weg zurück, um Mike abzuholen.

1:27 **Sicher. Was ist los?**

1:28 **Kommst du zum Fenster?**

Ich halte unwillkürlich den Atem an. An zwei Seiten unseres Hauses zieht sich ein Vordach knapp unterhalb des ersten Stocks entlang, was dem quadratischen Gebäude ein mediterranes Aussehen verleiht. Mama hatte sich auf ihrer Hochzeitsreise dermaßen in diesen Anblick verliebt, dass Papa, zurück in Deutschland, nach einem Architekten gesucht hat, der ihnen das nachbauen konnte. Das Vordach war dabei ein Muss, und es verläuft direkt unter meinem Zimmerfenster.

Mit wackeligen Schritten tapse ich hinüber und sehe hinaus. Theo sitzt ein Stück weiter rechts, hat die Beine angezogen und die Arme auf die Knie gestützt, wie immer, wenn er sich zu hoch über der Erde befindet. Sein Blick ist nach vorne gerichtet, und er dreht langsam sein Telefon in den Händen. Als ich das Fenster öffne, sieht er mich an.

»Hast du was vergessen?«, flüstere ich. Mama muss ja nicht gleich erfahren, dass er mitten in der Nacht auf unser Dach klettert.

Ohne etwas zu erwidern, erhebt er sich und läuft mit ausgestreckten Armen die paar Meter zu mir herüber. Erst jetzt wird mir bewusst, dass ich meine Jeans nicht mehr trage, dafür noch immer das tief ausgeschnittene Top, und mein Puls schnellt in die Höhe. Hektisch dimme ich die Schreibtischlampe auf die niedrigste Stufe – und muss dann fast darüber lachen.

Das Dach schließt nicht genau mit dem ersten Stock ab, deshalb sind wir beinahe gleich groß, als Theo schließlich bei mir ankommt. Seine Augen schweifen über mein Gesicht, hinunter zu meinem Hals, meinen nackten Schultern … Ich presse meine Beine an die Wand unter dem Fenster.

»Hattest du das vorhin schon an? Dieses Shirt?«

»Ja.«

»Ist mir gar nicht aufgefallen.«

»Wegen meiner Jacke, wahrscheinlich.«

Er nickt und sieht mir wieder ins Gesicht. »Du hast gesagt, es gibt nichts, wofür ich mich entschuldigen müsste.«

Ich blinzele, hebe die Augenbrauen. Inzwischen kann ich meinen Herzschlag im ganzen Körper spüren. »Richtig.«

»Dann habe ich mich – wie oft genau habe ich mich entschuldigt?«

»Drei Mal.«

»Dann habe ich mich drei Mal umsonst entschuldigt.« Er rümpft die Nase. Jedes Mal, wenn er das tut, schweifen meine Gedanken ab, hin zu den winzigen krausen Fältchen, die sich dabei bilden. »Das heißt also, ich hab was gut bei dir.«

»Interessante Schlussfolgerung«, gebe ich bedächtig lächelnd zu. »Und was genau bedeutet das?«

»Dass ich jetzt etwas tun werde, für das ich mich *tatsächlich* entschuldigen sollte.«

Ehe ich darauf antworten kann, beugt er sich nach vorn, legt eine Hand an meinen Hinterkopf und küsst mich. Es ist kein großartiger Kuss, dafür ist er viel zu kurz, zu unbeholfen. Nach ungefähr einer Millisekunde lässt Theo mich schon wieder los. Trotzdem fühlen sich meine Knie plötzlich an wie labbrige Gummibänder.

»Nummer eins«, murmelt er, seine Nasenspitze an meiner. Ich kann sein Parfüm riechen. CK One, das hat er früher schon benutzt. »Obwohl ich mich dafür eigentlich gar nicht entschuldigen *will*.«

Dann lässt er mich los, dreht sich um und schleicht den Weg zurück dorthin, wo die Leiter lehnt.

»Schon in Ordnung«, flüstere ich, doch er ist längst zu weit weg, um es hören zu können.

Ich sehe zu, wie er mit dem Fuß nach einer Leitersprosse tastet, wie das Licht der Straßenlampe auf die angespannten Muskeln unter seinem Langarmshirt fällt. Auf einmal habe ich das Gefühl, etwas sagen zu müssen, das er hören *kann*. Irgendetwas, das ihn wenigstens eine Sekunde zögern lässt. Nur eine Sekunde länger …

»Mehr wolltest du nicht?«

Bereits während ich es ausspreche, merke ich, dass er das wieder einmal falsch verstehen könnte – und es macht mir nicht das Geringste aus. Ich *hoffe*, dass er es falsch versteht.

Und selbstverständlich versteht er es falsch. Er hält inne, hebt den Kopf, die Augenbrauen hochgezogen, und schaut mich an. Sein Klammergriff um die Leiterholme lässt ein wenig nach, als wäre die Höhenangst jetzt zweitrangig. Der Ausdruck auf seinem Gesicht verwandelt meinen eben erst aufgekeimten Mut in ein Häufchen Staub.

»Nein, das wollte ich nicht … so war das nicht gemeint«, stammele ich, und er grinst.

Schön, freut mich, dass er sich amüsiert.

Ich schließe kurz die Augen, versuche mich zu konzentrieren. Dieses verfluchte Ein-Mundwinkel-Grinsen.

»Ich habe mich bloß gefragt, ob du … ob du …« Vielleicht ertränke ich mich einfach im Waschbecken, sobald er weg ist. »Ach, nichts. Hat sich erledigt.« Gott, das war lahm.

»Wirklich?«

Wann hört er endlich mit diesem Grinsen auf?

»Wirklich.« Lahm, lahm, lahm!

»Okay.«

Er mustert mich noch einen Moment lang, dann steigt er die Leiter wieder nach oben, klettert über die Dachschräge zu mir herüber. Ich weiche ein wenig zurück, denn mit jedem Schritt, den er näher kommt, wächst mein Herz, und irgendwann kann ich kaum mehr atmen, weil kein Platz mehr dazu ist in meiner Brust. Bestimmt zerspringe ich gleich und lege alles hier in Schutt und Asche.

Er hievt sich mühelos auf mein Fensterbrett, lässt ein Bein in mein Zimmer hängen.

»Ich habe nachgedacht«, sagt er, völlig ernst jetzt. Seine Augen wandern prüfend über mein Gesicht.

»Gut. Denken ist ... gut.«

»Stimmt. Und ich denke mir, wenn ich die Sache hier schon verbocke, dann gleich richtig.«

Ich halte die Luft an, er lächelt, und mein Puls explodiert, als er sich zu mir herabbeugt. Er legt seine Hände auf meine Wangen, hält mich vorsichtig fest, während seine Lippen ganz behutsam über meine streifen. Fast wirkt es, als würde er austesten, wie weit er gehen darf, bis ich ihn zurückweise. Stattdessen lehne ich mich leicht nach vorne, und alle Zurückhaltung fällt von ihm ab. Seine Finger wandern nach hinten, in meine Haare hinein, und er zieht mich an sich. Ein Seufzen entschlüpft meiner Kehle. Ich will meine Augen öffnen, mich zurückziehen, weil es mir peinlich ist. Aber plötzlich ist seine andere Hand an meiner Hüfte, und ich vergesse, was ich tun wollte.

Ohne seinen Mund von meinem zu lösen, dreht Theo sich auf dem Fensterbrett, bis er mir gerade gegenübersitzt, seine Beine nun rechts und links von mir. Meine Hände tasten sich suchend voran, fahren über seine Arme, seine Schultern, seine Brust, schlingen sich um seine Taille. Als ich mich auf die Zehenspitzen stelle, rutscht mein Shirt unter seinen Fingern nach oben. Ich kann den Schauer fühlen, der ihn überläuft, als seine bloße Haut meine berührt, und zerfalle in einem Funkenregen.

Dieser Kuss lässt den ersten wie ein Versehen wirken. Er schmeckt wie unsere allererste Begegnung und zugleich unsere letzte, wie Alpha und Omega, wie alles und viel mehr. Ich weiß nicht, wie lange er dauert. Jedenfalls nicht lange genug, denke ich, als Theo sich mit einem Keuchen von mir löst.

»Keine Ahnung, warum ich das nicht schon früher gemacht habe«, murmelt er. Er streicht mit dem Daumen über die Stelle unter meinem Ohr, bis ich eine Gänsehaut bekomme. Dann beugt er sich erneut vor, küsst die Stelle, und meine Welt schrumpft auf die Größe zweier Körper.

»Na ja.« Meine Stimme zittert. »Du warst beschäftigt.«

»Allerdings«, flüstert er an meinem Hals. »Der Wettkampf. Die Fans …«

»Weibliche Fans?«

»Nur. Zu viele für einen Tag.«

Ich lächle, schließe die Augen. »Tatsächlich? Ich hätte mehr von dir erwartet.«

»Was soll ich sagen? Es geht eben bergab.«

Sein Mund wandert nach unten zu meinem Schlüsselbein. Ich lasse meinen Kopf in den Nacken sinken, genieße das absolut unvertraute Gefühl von Lippen auf meiner Haut, von Händen, die unter meinem Shirt nach oben wandern. Ich kralle meine Finger in seine Haare, ziehe ihn noch näher –

Theo richtet sich ruckartig auf.

»Oh Mann«, flüstert er und presst einen Augenblick lang fest seine Lider aufeinander. Dann sieht er mich wehmütig lächelnd an. »Ich sollte jetzt besser gehen«, entscheidet er. »Genug Mist gebaut für heute.«

»Ja, wahrscheinlich.« Obwohl es mir nicht gefällt, weiche ich einen Schritt zurück, um ihm Platz zu machen. Seine Finger streifen dabei über die nackte Haut an meiner Hüfte, sein Blick rutscht nach unten, und er hält mich noch ein paar Sekunden länger fest. Mit einem Mal wird mir wieder bewusst, dass ich halb nackt vor ihm stehe, und ich laufe knallrot an.

»Und du musst dir nicht einmal mein Gesicht merken«, murmele ich betreten.

»Hmm« ist alles, was er darauf erwidert.

Einen Moment wirkt es, als würde er es sich anders überlegen, aber dann lässt er mich los, zieht seine Knie an und dreht sich auf dem Fensterbrett herum. Sobald er auf dem Dach steht, möchte ich die Hände nach ihm ausstrecken, ihn festhalten.

Ohne mich noch einmal anzusehen, verschwindet er in der Dunkelheit.

Ich verschränke die Arme vor der Brust, umklammere mich, damit ich keine Dummheit begehe. Außerdem ist es Anfang Oktober, mitten in der Nacht, und kalt, eisig kalt.

Samstagmorgen schickt Theo eine Nachricht.

9:03 Celine schleift uns das Wochenende über zu Oma und Opa. Wir sehen uns Montag.

Dann höre ich nichts mehr von ihm.

Marik und ich wechseln uns wöchentlich damit ab, den Müll rauszubringen, und diesen Sonntag bin ich an der Reihe. Bei gefühlten drei Grad über null stapfe ich am späten Nachmittag unsere Auffahrt entlang zur Garage, an der Garage vorbei nach hinten zu den Mülltonnen. Als ich zurücklaufe, knallt eine Autotür. Mein erster Impuls ist, stehen zu bleiben und mich im Schatten zwischen Haus- und Garagenwand zu verstecken, damit mich niemand sieht. Aber dann frage ich mich, warum. Es gibt keinen Grund, so zu tun, als wäre ich nicht da.

Ich gehe weiter.

Der Audi steht wieder am Gehweg, weil Celines BMW die komplette Einfahrt blockiert. Obwohl Theo den Kopf gesenkt hält, während er den Wagen umrundet, kann ich sehen, dass er lacht und sein ganzer Körper mit ihm. Er strahlt eine Zufriedenheit aus, wie ich sie selten zuvor an ihm erlebt habe, und in letzter Zeit schon gar nicht. Ich gehe langsamer, beobachte mit einem Lächeln auf den Lippen, wie er die Beifahrertür öffnet, seinen Bruder am Oberarm packt und ihn stützt, damit er aus dem Auto steigen kann.

Mike trägt ein kurzärmeliges, erbsengrünes Poloshirt, dunkle Jeans und schwarze Sneakers – alles schmal geschnitten und in seiner Größe. Allein das macht aus ihm einen völlig anderen Menschen, erinnert mich an Zeiten, in denen Theo und er noch im Partnerlook herumliefen. Doch spätestens als er sich aufrichtet und ich das breite Grinsen auf seinem Gesicht entdecke, verweigern meine Füße ihren Dienst. Ich starre hinüber zu den beiden und staune, weil es sich anfühlt wie ein Déjà-vu. Theo und Mike gegen den Rest der Welt, genau so war es früher immer. Nicht ein Blatt Papier hat dazwischengepasst, wenn sie gemeinsam unterwegs waren.

Vielleicht hat jemand die Zeit zurückgedreht, und ich habe es verpasst.

Theo wischt sich eine Strähne aus der Stirn, sagt etwas, und Mike bricht in lautes Gelächter aus. Er hat ein Grübchen auf der linken Wange, wenn er lacht, und zieht die Nase dabei kraus.

»Du hast sie echt nicht mehr alle!«, prustet er und schüttelt den Kopf. »Fünfzig Euro, dass du das nicht noch mal packst.«

»Mann, das wäre zu leicht verdiente Kohle«, erwidert Theo.

Nur ganz kurz wendet er mir das Gesicht zu und hebt den Blick, doch das genügt bereits, um mich zu registrieren. Gleich wird er stocken, und diese ganze Szene wird in sich zusammenfallen wie Zuckerwatte im Regen.

Nein. Ich verneine stumm, winke ihn mit einer Hand entschieden weiter. *Bleib ja nicht stehen!*

Er zieht die Augenbrauen zusammen, unschlüssig. Dann scheint er zu verstehen, lächelt und deutet ein Nicken an.

»Bock auf eine Runde Halo?«, fragt er und wendet sich wieder Mike zu. »Fünfzig Euro, dass ich dich diesmal ordentlich abziehe!«

Mike grinst.

Ich lasse pfeifend die Luft aus meinen Lungen.

Wie ein Fliegenfänger Fliegen fängt, habe ich das Wochenende über zu Hause Blicke gefangen.

Anfangs fühlte es sich so an, als könnten meine Eltern und Marik die Abdrücke sehen, die Theo auf meinem Körper und meiner Seele hinterlassen hat, als würde mich jeder ihrer Blicke einen Abdruck kosten. Aber ich will nicht, dass seine Abdrücke verschwinden, ich will sie einmeißeln und festbrennen und mitnehmen, wo immer ich hingehe. Und ich bin heilfroh, dass endlich Montag ist.

Anstatt mich wie sonst mit an den Frühstückstisch zu setzen, schnappe ich mir ein Marmeladenbrötchen und verabschiede mich mit der Ausrede, dass ich mir den Stoff für die Geschichtsklausur noch einmal ansehen müsse.

Ich laufe kauend auf die Straße hinaus und sauge scharf die Luft ein. Mike versucht gerade, sich auf den Beifahrersitz von Theos Wagen zu quälen, wobei genau in diesem Moment seine

Krücke zwischen Auto und Bordsteinkante rutscht. Er flucht, hebt den Kopf, sicherlich, um nach Theo zu rufen, und hält inne, als er mich sieht. Das Lächeln ist verschwunden, das Grübchen Geschichte. Nicht einmal eine Ahnung von der gestrigen Fröhlichkeit liegt mehr auf seinem Gesicht. Stattdessen wirkt er plötzlich wieder schmal, müde und ausgezehrt. Als hätte ihm die Nacht das Lachen geraubt.

Einen Moment lang spiele ich mit dem Gedanken, ihn einfach zu ignorieren. Aber dann gehe ich hinüber und bücke mich, um die Krücke aus dem Spalt zu angeln. Sobald ich sie habe, verstaue ich sie im Wagen und drehe mich um, ohne Mike eines Blickes zu würdigen.

»Hey!«, ruft er mir hinterher.

»Was?« Ich laufe weiter, nur ein wenig langsamer.

»Danke.«

Ich hebe die Hand, winke einmal kurz.

»Nicht für das gerade.« Nach einer kurzen Pause fügt er hinzu: »Okay, dafür auch.«

Ich bleibe stehen, sehe über die Schulter zurück. Irgendwann in den vergangenen zwei Tagen ist mir der Gedanke gekommen, was der Rest der Welt wohl von Theo und mir halten würde, sollte es jemand erfahren. Was Mike davon halten würde, war mir bis gestern Abend klar. Bis ich ihn mit Theo gesehen habe, so zufrieden, und ein kleiner Hoffnungsschimmer in mir aufkeimte, dass es werden könnte wie früher. Dass er mich akzeptieren könnte. Doch jetzt bin ich mir sicher, dass er nichts von alldem weiß. Theo hat ihm nichts erzählt.

Ich schlucke das aufsteigende Gefühl von Zurückweisung hinunter und nicke.

Mike nickt ebenfalls, dann schwenkt sein Blick ruckartig

nach rechts. Celines Wagen steht nicht in der Auffahrt, also muss es Theo sein, der da die Haustür hinter sich ins Schloss wirft. Ich gehe weiter. Am liebsten würde ich rennen, aber das wäre wirklich total bescheuert.

Ein Pfiff ertönt in meinem Rücken, gefolgt von einem weiteren »Hey!«.

»Mike, lass das«, höre ich Theo sagen und danach seine Schritte hinter mir.

Er hat offensichtlich kein Problem damit zu rennen. Sobald er neben mir ist, bleibe ich erneut stehen und sehe ihn an. Er lächelt ein wenig unsicher.

»Hi«, sagt er.

»Hi.«

»Schönes Wochenende gehabt?« Er kommt einen Schritt näher.

Mein Herz weitet sich, bis es auf meine Luftröhre drückt. »Ganz okay«, murmele ich. »Und selbst?«

»Dito.« Seine Augen leuchten wie riesige blaue Murmeln in seinem Gesicht. »Danke für gestern Abend.«

»Kein Grund, sich zu bedanken.«

»Auch nicht für Freitag?« Mit einem weiteren Schritt schließt er die letzte kleine Lücke zwischen uns, greift nach den Trägern meines Rucksacks und schaut mich einen Moment lang abwartend an, ehe er mich mitten auf dem Gehweg küsst. Ich kann förmlich spüren, wie die Welt den Atem anhält, und schließe die Augen. Er riecht nach frisch gewaschener Wäsche, nach Duschgel und Deo, und er schmeckt nach Kaffee.

Als er mich loslässt, ist seine Unsicherheit verschwunden.

»Danke für Freitag«, sagt er, und ich muss grinsen. »Komm, ich nehm dich mit.«

Mein Blick huscht zu Mike, der wie angewurzelt an der Beifahrertür steht. Seine Hand liegt auf dem Dach, er ballt sie zur Faust und zermalmt meinen Hoffnungsschimmer zwischen seinen Fingern.

»Ähm …«

Theo seufzt. »Ihr seid wie zwei Kampfhunde an der Leine.«

Er nimmt meine Hand und zieht mich hinter sich her zu seinem Wagen. Mike fixiert uns, bis wir an ihm vorbei sind, erst dann lässt er sich wortlos auf seinen Sitz fallen und donnert die Tür hinter sich zu. Wahrscheinlich werde ich das Grübchen auf seiner Wange nie wieder zu sehen bekommen.

»Vielleicht hast du mich am Freitag falsch verstanden«, zischt er, während ich mich auf der Rückbank anschnalle und Theo unsere Rucksäcke in den Kofferraum wirft.

»Im Gegenteil«, erwidere ich eisig. »Ich habe dich sogar sehr gut verstanden.«

»Und woher der Meinungsumschwung?« Mike dreht sich nach hinten, mustert mich eindringlich. »Ich dachte, du willst nichts von ihm?«

»Ich sagte, ich will ihn nicht aufreißen.«

Er bläht die Nasenflügel, doch bevor er noch etwas erwidern kann, öffnet Theo die Tür und steigt ein.

»Okay, Tom und Jerry«, sagt er und schaut uns dabei nacheinander an. »Spannend, was da zwischen euch abgeht, wirklich. Aber ich habe keine Lust auf Grabenkämpfe, also gewöhnt euch einfach aneinander.«

Theo beschließt, dass ein Kaffee mehr nicht schaden kann, und reiht sich in den Berufsverkehr ein, der sich durch die Stadt schiebt. Nachdem er endlich einen freien Parkplatz ergattert hat, springt er aus dem Auto.

»Keine Blutspritzer auf meine Sitze!«, ruft er und joggt zu dem kleinen Café auf der anderen Straßenseite hinüber.

Ich lehne meine Stirn gegen das Seitenfenster, beobachte ihn. Er sieht gut aus in seiner verwaschenen Jeans, dem engen petrolfarbenen Longsleeve und Schuhen in derselben Farbe. Eine junge Frau kommt ihm entgegen, lächelt und dreht sich nach ihm um, als er vorbeiläuft. Er reagiert nicht darauf. Er sieht ihr nicht nach, weil er *mich* will. Mein Herz flattert, als hätte es jemand an eine Steckdose angeschlossen.

Sobald er im Café verschwunden ist, lässt Mike seinen Kopf sinken und reibt sich die Augen.

»Deshalb war er am Wochenende so gut gelaunt«, sagt er plötzlich in die Stille hinein. »Wegen dir.« Und als ich nichts erwidere: »Obwohl er weiß, dass ich was gekauft habe.«

Ich zucke mit den Schultern. »Von mir mit Sicherheit nicht.«

»Das habe ich auch nicht behauptet.« Mike ballt seine Hände zu Fäusten, legt die Knöchel aneinander und schaut darauf hinab. »Aber er sieht mich so seltsam an, so« – er sucht lange nach dem richtigen Wort – *»nachdenklich.«*

»Vielleicht will er wissen, ob du was von dem Zeug genommen hast?«

»Habe ich nicht.«

»Sag es ihm. Er wird dir glauben. Er vertraut dir.«

»Vertrauen«, murmelt Mike. »Vertrauen, vertrauen, vertrauen …« Er wiederholt es immer wieder, bis mir die Bedeutung allmählich entgleitet. Dann dreht er sich auf einmal zu mir um. »Völlig bescheuerte Angewohnheit.«

Ich weiß, ich sollte ihm widersprechen, wahrscheinlich erwartet er das sogar von mir. Dumm nur, dass ich ihm viel lieber zustimmen würde.

»Kommt wohl auf die Person an«, entgegne ich ausweichend. »Sei doch froh, nach allem, was passiert ist.«

»Wenn mir nur endlich mal jemand erklären würde, was dieses *alles* sein soll«, knurrt er, schlagartig genervt. »Ja, ich habe was genommen und einen Unfall gebaut. Nicht gerade 'ne Meisterleistung, ich weiß. Aber was noch? Theo verliert kein Wort darüber.«

»Weil es inzwischen egal ist.«

»Ist es nicht.« Mike zieht die Augenbrauen zusammen. »Irgendwas mit Lena, so weit bin ich schon. Was ist mit ihr? Hab ich als Einziger was Offensichtliches verpasst?«

Ich schweige beharrlich.

»Warum läuft sie mir plötzlich wieder hinterher?«, fährt er fort, und in jedem Wort schwingt nun seine Ungeduld mit. »Wir hatten mal was miteinander, aber das hat keine Woche gedauert. Das war damals in der … keine Ahnung, ist bestimmt vier Jahre her.«

»Drei«, erwidere ich.

»Drei?« Im ersten Moment scheint er verwirrt. Er schüttelt den Kopf, runzelt die Stirn. Doch allmählich beginnen die Rädchen in seinem Hirn sich zu drehen. Ich kann ihm förmlich beim Denken zuschauen. Schließlich fragt er: »Seit wann sprichst du wieder mit Theo?«

»Seit gut zwei Wochen.«

»Und wie lange hast du *nicht* mit ihm gesprochen?«

»Drei Jahre.«

»Drei Jahre.« Mike schließt seine Augen, lacht düster. »Komischer Zufall.«

»Ja, komisch. Und inzwischen egal.«

»Kann ich nicht behaupten.« Mit einem Seufzen dreht er sich zurück nach vorne. »Ganz und gar nicht.«

An der Schule angekommen, hievt Mike sich aus dem Wagen und humpelt davon, ohne ein Wort zu verlieren. Theo sieht ihm nach, grummelt etwas Unverständliches, dann schaut er mich mit einer Mischung aus Verlegenheit und Enttäuschung an.

»Why so serious?«, frage ich, und er grinst.

»Weil ich langsam glaube, dass er eine Tracht Prügel verdient hat.«

»Ach, ich gewöhne mich schon wieder an seinen spröden Charme.«

Während Theos Blick über mein Gesicht streift, schrumpft sein Grinsen zu einem milden Lächeln.

»Lass uns abhauen«, schlägt er vor. »Irgendwohin. Scheiß auf Schule, wir haben drei Jahre verpasst.«

Er schiebt seinen Sitz nach hinten, beugt sich über die Lehne so weit zurück, dass ich nur ein Stück nach vorn rutschen muss, um ihn berühren zu können. Ich lege eine Hand an seinen Hals, hauche ihm einen Kuss auf die Lippen, und er streckt sich, zieht mich am Kragen meiner Jacke näher …

»Wir holen das alles nach«, flüstere ich an seinem Mund, »aber nicht heute.« Dabei klingt Abhauen wie die beste Idee aller Zeiten.

Mit einem missmutigen Knurren lässt er mich los. Ich sehe zu, wie er den Schlüssel abzieht, seine Hand an den Türgriff legt.

»Theo?«

Er hält inne, schaut mich abwartend an.

»Ich … ich …« Meine Stimme schwankt, und er kneift die Augen zusammen, als er es bemerkt.

»… mag dich, aber lass uns lieber Freunde bleiben?«, schlägt er vor.

»Was? Nein! Himmel, nein.« Ich schüttele energisch den Kopf, und Theos Miene entspannt sich. »Ich wollte nur … könnten wir …?«

»… so tun, als ob dein Tarnmodus noch intakt wäre?«

Ich nicke verhalten.

»Solange du später da weitermachst, wo du gerade aufgehört hast – kein Problem.«

Die Tage verfliegen – und ziehen sich endlos hin.

Obwohl wir in der Schule beinahe krampfhaft versuchen, uns aus dem Weg zu gehen, begegne ich Theo an jeder zweiten Ecke. Wenn er sich sicher ist, dass es niemand mitbekommt, berührt er mich kurz im Vorbeigehen oder grinst so unwiderstehlich, dass ich knallrot anlaufe. Doch meistens halte ich den Kopf gesenkt, sobald ich ihn irgendwo entdecke, um kein Futter für die Gerüchteküche zu liefern. Ohnehin starren mich seit Montag viel zu viele meiner Mitschüler an. Mein Discobesuch hat sich scheinbar herumgesprochen. Nur Mike ignoriert mich wieder.

Weil Mama mich den Rest des Montags für sich beansprucht, Theo am Dienstag zum Training muss und ich mittwochs bis fünf Unterricht habe, sind unsere kurzen Treffen morgens und auf den Schulgängen wie Oasen im Death Valley, und allmählich ärgere ich mich, dass ich nicht den Mut aufbringe, mich kopfüber hineinzustürzen. Mit jedem Tag fehlt er mir mehr, und ich bin erleichtert, als er sich Donnerstagabend endlich meldet.

19:01 Das geht mir ganz schön auf die Nerven.

Mama wirft mir einen missbilligenden Blick zu, weil wir gerade essen und ich trotzdem sofort aufgesprungen bin, um mein Handy zu holen. Ich lächle sie entschuldigend an.

19:01 Was?

19:02 Du wohnst NEBEN mir, und ich weiß nicht, wann dieses verdammte Später ist, für das ich diese Schauspielerei in der Schule mitmache. Haben wir da was festgelegt?

Ich schüttele lachend den Kopf, ernte überraschte Blicke und grinse auch die weg.

19:03 Nicht dass ich wüsste. Hast du einen Vorschlag?

19:06 Ich würde ja sagen, jetzt. Aber es ist ziemlich kalt hier draußen. Und nass.

Ich runzle die Stirn. Seit gestern regnet es in Strömen, und ich kann mir keinen ungemütlicheren Ort vorstellen als …

19:07 Du sitzt nicht auf dem Dach, oder?!

19:08 Bin ich lebensmüde? ES SCHÜTTET! Wenn ich jemals bei so einem Wetter auf ein Dach steigen sollte, dann wenigstens so hoch, dass ich über dem Regen in der Sonne sitze.

19:09 Warum bist du dann draußen?
19:09 Warum bist du noch drinnen und nicht hier bei mir?
19:10 Wo ist hier bei mir?
19:10 Hinter der Garage.

Ich stecke das Handy ein, schiebe meinen Stuhl zurück und murmele etwas von Notfall, als ich zur Garderobe laufe. Marik und Papa zucken bloß mit den Schultern, doch Mama sieht mir seufzend nach.

»Muss das sein, bei dem Wetter?«, fragt sie, während ich eine dicke Jacke mit Kapuze überziehe und mir den größten Schirm schnappe, den ich im Schirmständer finden kann.

»Das wird keine Weltreise. Außerdem …« Ich hebe den Schirm, damit sie zufrieden ist.

Stockdunkle Finsternis ist gar kein Ausdruck für das, was über mir zusammenschlägt, sobald ich die beleuchtete Auffahrt verlassen habe, und selbst Warten, dass sich meine Augen daran gewöhnen, hilft nicht weiter. Also taste ich mich mit dem Fuß voran, falle beinahe über einen Stuhl, der mitten im Durchgang zwischen der Garage und dem Haus der Millers steht, und halte mich den Rest des Weges ganz nah an der Garagenwand.

An der Ecke halte ich inne. Theo lehnt an einem Holztisch, der fast die gesamte Terrasse einnimmt. Er hat die Hände in den Jackentaschen vergraben und den Kopf gesenkt. Vor ihm im Boden stecken zwei Solarleuchten, die mehr funzeln als strahlen, aber wenigstens genug Licht abgeben, dass ich sein Gesicht erkennen kann. Winzige Tropfen fallen aus seinem klatschnassen Haar zu Boden.

Seit Freitag war ich kaum allein mit ihm. Es fühlt sich an wie ein Jahrhundert.

Ich gehe hinüber und spanne den Schirm über uns auf.

»Danke.« Er lächelt, ohne den Blick zu heben.

Ich hoffe, er erzählt von sich aus, weshalb er hier ist, doch all seine Aufmerksamkeit gilt seinen Füßen, auf die er schweigend hinunterstarrt.

»Was ist los?« Ich rücke ein wenig näher, und endlich sieht er mich an.

»Nichts. Ich wollte dich sehen.«

Ein Rinnsal Regenwasser läuft von seiner Schläfe über den Kiefer seinen Hals hinab. Ich beobachte, wie es im Kragen seiner Jacke verschwindet.

»Hier bin ich. Und ich will wissen, was los ist.«

Er holt tief Luft, dann schüttelt er düster lächelnd den Kopf. »Ich glaube nicht, dass ich dir das erst erzählen muss.«

»Mike?«, frage ich, einer Ahnung folgend.

»Mike.«

»Du weißt, dass er was gekauft hat?«

»Seit Freitagnacht schon. Und weil Celine beschlossen hat, mal wieder genau zum falschen Zeitpunkt Interesse an ihren Kindern zu zeigen, hat sie das Zeug gefunden und weiß es jetzt auch.«

Mein schlechtes Gewissen regt sich brummend. Ich verziehe das Gesicht, nehme all meinen Mut zusammen und murmele: »Theo, es tut mir –«

»Du musst dich nicht entschuldigen. Du hast nichts damit zu tun.«

»Doch«, erwidere ich kleinlaut, während sein Blick erneut zu seinen Füßen hinabwandert. »Ich wusste es. Ich habe nur nichts gesagt, weil er behauptet hat, es wäre für jemand anderen.«

»Kann ja sein. Trotzdem lag der Scheiß bei uns zu Hause herum. Kleine Pillen in einem durchsichtigen Zip-Beutel – wie im Film.«

»Meinst du, er hat was davon genommen?«

»Nein, ich glaube nicht.« Er zögert kurz, dann platzt ein kaltes Lachen aus seinem Mund. »Allerdings habe ich auch nicht daran geglaubt, dass er überhaupt jemals mit so was zu tun haben würde.«

Jetzt blinzelt er, träge, als wäre er furchtbar müde. Seine Lippen sind blass, beinahe farblos, und seine Haut ist eiskalt, als ich meine Finger mit seinen verschränke. Er schaut lächelnd zu, wie ich mit dem Daumen über seinen Handrücken fahre.

»Wie lange bist du schon hier draußen?«, frage ich.

Schulterzucken. »Wie spät ist es?«

»Fast acht.«

»Celine ist irgendwann gegen sechs nach Hause gekommen. Kurz danach bin ich gegangen.«

»Bist du wahnsinnig?« Ich stoße ihn härter als beabsichtigt mit der Schulter an, doch er reagiert kaum darauf.

Stattdessen deutet er mit einem Nicken zu seinem Haus hinüber. »Alles ist besser als das da drinnen«, knurrt er. »Ausgerechnet heute muss Celine in genau diesen einen Schrank schauen und nach Gott weiß was suchen. Hätte sie sich, wie sonst auch, wenn sie so drauf ist, gleich hingelegt, wäre nichts davon passiert.«

Ich stutze. Wovon redet er?

»Wenn sie *wie* drauf ist?«, hake ich nach, als er trotz meiner Blicke weiter stumm in den Regen starrt.

»Schon gut, lassen wir das.«

»Theo.«

Er fährt sich mit einer Hand über die Augen. »Sie hat ein bisschen was getrunken«, murmelt er schließlich ausweichend. »Und jetzt gehen sie sich gegenseitig an die Gurgel.«

»Was habt ihr denn erwartet? Dass sie es einfach ignoriert?« Ich beuge mich nach vorn, bis ich ihm ins Gesicht sehen kann. »Falls er irgendwann die falschen Sachen zusammen nimmt …«

Er stößt ein unwilliges Schnauben aus. »Ich *weiß*! Was denkst du, wie oft ich versucht habe, ihm das klarzumachen? Ich will nur nicht unbedingt dabei sein, wenn Celine ihn stundenlang anschreit und ihm mit dem Jugendamt droht.«

»Womöglich ist das der einzige Ausweg, der ihr bleibt?«, sage ich, und meine Gedanken schweifen zurück zu Theos *wenn sie so drauf ist* und dem *bisschen was getrunken*.

»Kann schon sein. Aber falls die hier auftauchen, können wir uns alle drei warm anziehen.«

»Theo, ich …«

Plötzlich fängt er an zu zittern – ob vor Kälte, Wut oder aus einem anderen Grund, kann ich nicht sagen –, und ich vergesse, was ich fragen wollte.

Ich rücke noch näher, schlinge meine Arme um ihn und spüre sofort die Nässe durch meine Jacke dringen. Eine Weile sitzen wir nur da. Ich höre dem Prasseln der Tropfen und Theos Atem zu, bis das stetig lauter werdende Brummen eines Automotors beides übertönt. Theo bemerkt es ebenfalls. Er kneift die Lider zusammen, als wüsste er, dass gleich die Haustür mit einem Krachen ins Schloss fliegen wird. Und er hat recht. Schweigend lauschen wir dem Klacken von Mikes Krücken auf dem regennassen Asphalt, dem Zuschlagen einer Autotür, und im nächsten Moment entfernt sich das Motorengeräusch wieder.

Theo lässt den Kopf sinken. »Gespräch beendet.«

»Wo will er hin?«

»Ich weiß es nicht. Wahrscheinlich einfach nur raus da, so wie ich.« Er lacht leise auf. Es klingt verbittert. »Vielleicht haut er tatsächlich irgendwann nach Amerika ab, zu unserem Dad. Seit Monaten redet er über nichts anderes. Hauptsache, weg von Celine.«

»Das willst du jetzt sicher nicht hören«, flüstere ich an seine Schulter gelehnt, »aber vielleicht wäre es gut, wenn *du* mal mit eurer Mutter sprichst.«

»Hatte ich erwähnt, dass sie momentan, ähm … ich nenne es am besten mal *nicht besonders gut gelaunt* ist?«

»Ist wohl keiner von euch dreien im Augenblick«, murmele ich nachdenklich, während ich versuche, die unzähligen Knoten in meinem Hirn zu entwirren. Kaum zu glauben, dass es erst vier Tage her ist, seit Mike und Theo gemeinsam lachend über den Rasen gelaufen sind. »Ich denke einfach, dass es einen anderen Weg gibt, Mike da herauszuholen, als ihm ständig Druck zu machen. ›Er braucht Hilfe, keine Vorwürfe‹, würde meine Mama jetzt sagen.«

Theo dreht den Kopf, sieht auf mich herab. Seine Augen werden weich, das Blau mit jedem Herzschlag dunkler.

»Hast du es ihr erzählt?«, fragt er.

»Nein.«

Eine Weile schaut er mich nur schweigend an, dann legt er einen Finger unter mein Kinn, hebt es an und drückt mir einen flüchtigen Kuss auf die Lippen.

»Was ist das bloß zwischen euch und eurer Mutter?«, flüstere ich.

»Was ist das bloß zwischen Mike und dir?«, entgegnet er im gleichen Tonfall.

»Vielleicht ist dein Bruder gar nicht das Arschloch, das er gerne wäre.«

»Vielleicht sind siebzehn Jahre Brutpflege von Zwillingen zu anstrengend, um sie ohne Hilfsmittel durchzustehen?«

Bevor ich etwas erwidern kann, schlingt er den Arm um meine Schultern, zieht mich näher an sich heran, und Reden wird überflüssig.

Ich träume von Autos, knallenden Türen, kaltem Regen …

– Brummen –

… geflüsterten Worten in der Finsternis. Fast zufälligen Berührungen. Von tiefblauen Augen. Meinen Händen in seinem Haar. Seinen Lippen auf meinem Mund …

Das Brummen weckt mich, und ich schrecke hoch. Ich taste hektisch nach dem Handy auf dem Nachttisch.

»Ja?«, krächze ich mit Schlafstimme ins Telefon.

»Er ist noch nicht zurück.« Theo klingt, als wäre er Lichtjahre entfernt.

»Was? Ich …« Ich richte mich im Bett auf, reibe meine Augen. »Was?«

»Mike. Ich weiß nicht, wo er ist.«

Ich werfe einen Blick auf die Uhr. Halb vier.

»Vielleicht auf irgendeiner Party?«, schlage ich vor. »Oder in der Disco? Bei Freunden?«

»Nein.« Es rauscht im Hintergrund, ein Lkw, der ganz in der Nähe vorbeifährt.

»Wo bist du?«

»Unterwegs. Ich suche ihn.«

»Okay, ähm … Wo genau? Ich wecke Mama, sie soll mich –«

»Nein! Nein, ich schaffe das schon. Ich wollte nur …« Er lässt sich Zeit, ehe er fortfährt. Drei Lkws lang. »Ich wollte nur kurz deine Stimme hören.«

»Theo. Bitte sag mir, wo du bist.«

»Können wir uns später treffen? Irgendwann?« Eine Autotür schlägt zu, und plötzlich sind alle Geräusche außer seinem Atem ausgeblendet.

»Klar. Aber …«

»Gut.« Er startet den Motor. »Ich melde mich.«

Stille.

Ich schaue alle fünf Minuten auf die Uhr über der Klassenzimmertür. Nichts anderes interessiert mich. Nicht die blutgierigen Blicke meiner Mitschüler oder die fragend hochgezogenen Augenbrauen meiner Lehrer, nichts. Nur die Zeit.

Als kurz nach halb eins mein Handy in der Tasche vibriert, kenne ich jeden einzelnen kleinen Riss, jede Unebenheit an der Wand hinter der Uhr.

12:36 Hast du noch Unterricht?

Ich packe meine Sachen zusammen, laufe nach vorn zu unserem Biolehrer Hilbert und entschuldige mich mit leiser Stimme. Es ist ohnehin die letzte Stunde für heute.

12:40 Jetzt nicht mehr.

12:41 Komm zum Bahnhof, ich bin schon da.

Ich schicke eine Nachricht an Marik, dass er nach der Schule nicht auf mich warten, sondern allein nach Hause laufen soll. Dann schreibe ich Mama, damit sie weiß, wo ich bin. Und zuletzt:

12:46 Bin unterwegs.

Gegenüber der Parkplatzeinfahrt führt eine Straße den kleinen Hügel zum Bahnhof hinauf. Schon von Weitem sieht man das unscheinbare Bahnhofsgebäude und gleich dahinter die beiden Gleise mit den Wartehäuschen. Ein Kleinstadtbahnhof eben.

Ich laufe die Straße hinauf und frage mich, wieso Theo ausgerechnet dort auf mich wartet. Okay, der Schulparkplatz ist von den Klassenzimmern aus einsehbar, und ich wollte ja nicht …

Mein Gedanke löst sich in Luft auf, als ich zuerst seinen Audi und gleich darauf ihn entdecke. Er sitzt hinter dem Steuer, hat den Kopf an die Kopfstütze gelehnt und die Augen geschlossen. Sein Gesicht ist grau vor Müdigkeit, beinahe so grau wie sein Kapuzenpullover.

Irgendwer hat mal gesagt, leidgeprüfte Menschen würden eine ganz eigene Schönheit entwickeln. Wie sehr das stimmt, wird mir bewusst, als eine kleine Sonne in mir explodiert und meinen Körper mit Wärme und Licht flutet. Auf einmal ist mir egal, ob jemand sehen kann, wie ich in Theos Auto steige, meinen Rucksack in den Fußraum werfe und warte, bis er den Kopf dreht und mich ansieht.

»Hey«, sagt er.

Ich beuge mich zu ihm hinüber, packe den Kragen seines Pullovers und ziehe ihn zu mir heran. Sein Körper spannt sich, als ich meine Lippen auf seine presse, und im ersten Moment fürchte ich, dass er zurückweicht. Doch dann legt er seinen Arm um meine Taille und küsst mich, als würde sein Leben davon abhängen. Als ich ihn schließlich zurückschiebe, glühen seine Wangen, und seine Augen leuchten wie im Fieber.

»Nicht dass es mir nicht gefallen hätte«, sagt er mit heiserer Stimme, »aber was zur Hölle war *das*?«

»Hormone?«, entgegne ich achselzuckend und freue mich wie ein Kind über sein schräges Grinsen.

Er lässt sich gegen die Lehne seines Sitzes sinken. »Danke, dass du gekommen bist.«

»Hör auf, dich ständig zu bedanken oder zu entschuldigen.«

»In Ordnung. Tut mir leid.«

Sein Grinsen wird breiter, und beinahe überstrahlt es die Erschöpfung in seinem Gesicht. Die fehlenden paar Lux erinnern mich daran, dass diese Erschöpfung einen Grund hat.

»Hast du Mike gefunden?«

Theo wendet den Blick ab. »Nein«, sagt er.

Nur ein Wort, aber es liegen zwei Zentner Angst darin.

»Und jetzt?«, frage ich vorsichtig. »Suchen wir weiter? Irgendwo muss er ja stecken.«

»Ich bin alles mindestens drei Mal abgefahren und habe mit der halben Stadt telefoniert. Der Typ, der ihn gestern Abend zu Hause abgeholt hat, sollte ihn nur zum Bahnhof bringen.« Er hebt die Schultern in einer hilflosen Geste. »Und wie du siehst, ist er hier auch nicht. Ich weiß nicht, wo wir noch suchen könnten.«

Am liebsten würde ich meine Hand nach Theo ausstrecken, meine Finger mit seinen verschränken. Aber ich traue mich nicht.

»Er ist doch früher schon abgehauen und jedes Mal zurückgekommen«, murmele ich. »Vielleicht –«

»Früher ist er zurückgekommen, weil ein Zehnjähriger unmöglich allein nach Amerika ausreisen kann«, unterbricht Theo mich. »Für einen Siebzehnjährigen ist das kein Problem.«

»Du glaubst wirklich, er hat sich zu eurem Dad abgesetzt?«

»Ich weiß es nicht.« Er fährt gedankenverloren mit den Fingerspitzen über das Lenkrad, Runde um Runde. »Ich weiß gar nichts mehr. Sein Handy ist ausgeschaltet, und er hat bei seinem Kumpel auch kein Wort darüber verloren, wo er hinwollte. Es gibt niemanden mehr, den ich noch fragen könnte.«

»Und was sagt Celine dazu?«, greife ich nach dem nächstbesten Rettungsring, der durch meine Gedanken schwimmt. »Sie muss doch wissen, was ihr als Nächstes tun könnt.«

»Celine?« Theo schnaubt verächtlich durch die Nase. »Witzig.«

»Eigentlich nicht.«

»Nein, eigentlich nicht.« Er lächelt müde. »Nur leider die Wahrheit. Ich glaube, sie realisiert noch nicht mal, was da gerade abgeht. Wahrscheinlich denkt sie, es läuft wie immer: Sie streiten, Mike bockt ein paar Tage, und dann ist alles wieder beim Alten. Und in der Zwischenzeit ist sie sich selbst genug.«

»Mike ist *abgehauen*. Das wird sie wohl kaum mit einem normalen Streit verwechseln.«

Seine Hand stoppt, und er sieht mich an. »Oh, du darfst sie gern darauf hinweisen, sobald sie wach ist.«

Ich runzele die Stirn. Inzwischen ist es weit nach eins, und ich kann mir beim besten Willen nicht vorstellen, dass Celine ruhig schläft, während Mike weiß Gott wo steckt und sein Bruder nach ihm sucht. Also, wieso um alles in der Welt sollte –

... ein bisschen was getrunken ..., hallt Theos Stimme in meinem Kopf. Ich höre, wie ein Müllsack klirrend in der Mülltonne

der Millers verschwindet, sehe Celines rot gefleckte Wangen vor mir …

»Würdest du mir bitte endlich erzählen, was für ein Problem deine Mutter hat?« Meine Stimme bricht an den Seiten weg. Ich räuspere mich, um es zu verbergen.

Theo lässt den Kopf nach vorne sinken und reibt sich die Stirn mit den Handballen. »Schlimm genug, dass ich dich in die Sache mit Mike hineingezogen habe«, sagt er und seufzt gequält. »Noch mehr von dem Mist musst du wirklich nicht wissen.«

»Theo.«

Er reagiert nicht.

»Theo, sieh mich an.«

Widerstrebend hebt er den Blick.

»Du erklärst mir jetzt, was hier abgeht«, verlange ich mit betont fester Stimme, obwohl gerade alles in mir bebt. »Du hast selbst gesagt, wir haben drei Jahre verpasst. *Ich* habe drei Jahre verpasst, und ich will das nicht mehr.«

Zweifel treiben in seinen Augen. Er zieht die Unterlippe zwischen seine Zähne, beißt darauf herum.

»Bitte, hilf mir, es diesmal richtig zu machen.«

Das bricht seinen Widerstand. Ich kann förmlich sehen, wie die Mauer in ihm zusammenfällt.

»Celine …«, flüstert er, »… ist Alkoholikerin.«

Celines Wagen steht noch in der Auffahrt, als ich kurz nach zwei auf den Klingelknopf der Millers drücke. Ich habe nur schnell meine Schulsachen zu Hause abgeliefert und Mama erzählt, dass ich nebenan bin, falls sie mich suchen sollte. Ihr verhaltenes Lächeln hat mir einen Splitter ins Herz gejagt. *Es ist nicht alles Gold, was glänzt*, das waren ihre Worte. Wie viel sie von alldem hier wohl weiß?

Theo reißt die Tür auf. Er trägt eine andere Jeans als vorhin, ein Shirt, das an mehreren Stellen durchgeweicht ist, keine Schuhe. Seine Haare sind nass, die Wangen leicht gerötet. Er hat die kurze Zeit genutzt, um die vergangenen Stunden wegzuwaschen.

»Soll ich später …?«, frage ich verunsichert.

Mit einem Kopfschütteln zieht er mich ins Haus. Sobald die Tür hinter mir ins Schloss gefallen ist, drückt er mich an sich, und mein schlechtes Gewissen gegenüber meiner Mutter wird von dem Schmetterlingshaufen in meinem Magen überwältigt. Ein Hauch von Chlor klebt an Theo, als würde seine Haut das Zeug nach all den Stunden im Schwimmbad inzwischen ausdampfen. Vorsichtig schlinge ich meine Arme um ihn und lasse verstohlen meinen Blick auf der Suche nach Celine umherschweifen. Der Gedanke, sie könnte uns so zusammen sehen, ist mir unangenehm, und als Theo sich von mir löst, mache ich automatisch einen Schritt zurück.

»Angst vor der bösen Schwiegermutter?«

Ich kneife die Augen zusammen, und er grinst halbherzig. Mit einer vagen Geste deutet er nach oben. »Bin gleich zurück. Ich hole mir nur schnell einen Pullover.«

Ich schaue ihm nach, wie er die Treppe hinaufsprintet – dabei immer zwei Stufen auf einmal nimmt –, und drehe mich um, sobald er um die Ecke verschwunden ist. Es fühlt sich an, als wäre ich ein ganzes Zeitalter nicht im Haus der Millers gewesen. Zwar erinnere ich mich an die Raumaufteilung, aber sonst erkenne ich kaum etwas wieder. Die Hälfte der Möbel scheint neu, der Rest steht entweder woanders oder sieht anders aus. Der wunderschöne hölzerne Apothekerschrank ist inzwischen weiß lackiert und vom Flur ins Wohnzimmer gewandert, wo er unter einem riesigen Plasma-Fernseher in die Knie geht. Was für eine Verschwendung.

Ich schlendere ein wenig umher, betrachte Bilder, Skulpturen, Bücherregale. Das gesamte Erdgeschoss riecht wie in einen Bottich voll Weichspüler getunkt, und nirgends liegt auch nur ein Krümelchen Dreck.

»Hoffentlich hast du keine Fingerabdrücke hinterlassen.« Theo steht im Türrahmen und sieht mich an. »Sonst muss ich dich leider bei Marie verpetzen.«

»Marie?«, frage ich.

»Unser Haushaltsdrache.« Er zieht den Pullover über den Kopf.

Als er die Arme hebt, rutscht der Saum seines Shirts kurz über seinen Jeansbund und entblößt einen Streifen nackter Haut. Ich zwinge mich wegzusehen.

»Sie ist der Terminator unter den Putzen: unnachgiebig und effektiv. Wenn du ihr begegnest, lauf am besten einfach weg. Mache ich auch.« Er lächelt, während er auf mich zukommt, doch plötzlich verspannen sich seine Züge. Als ob er jeden Moment damit rechnen würde, dass ich mich umdrehe und wieder verschwinde. Einen Meter entfernt bleibt er stehen und schiebt die Hände in die Hosentaschen.

»Du ärgerst dich darüber, dass du mir das mit Celine erzählt hast«, sage ich leise, damit sie es nicht hört.

»Nicht direkt.« Er runzelt die Stirn. »Ich habe bloß nicht mit einem Nicken als einziger Antwort gerechnet.«

Ich hole tief Luft, presse die Lippen aufeinander. An seiner Stelle wäre ich darüber genauso verwirrt, doch im ersten Augenblick ist mir einfach nichts eingefallen, was ich darauf hätte sagen können. »Tut mir leid, dass deine Mutter und dein Bruder ein Suchtproblem haben«? Das hätte wohl kaum ausgereicht. Und alles andere ist mir einfach im Hals stecken geblieben. Ich war schockiert. Überrumpelt. Hilflos. Bin es immer noch …

Es ist nicht alles Gold, was glänzt.

»Das alles ist bestimmt nicht einfach für euch …«, hebe ich an.

»Nicht einfach?«, erwidert er. »Abgesehen davon, dass ich mir kein schlechteres Vorbild wünschen könnte, haben Mike und ich echt ein Problem, wenn jemand davon erfährt.«

»Du meinst, ein noch größeres Problem als das, das ihr ohnehin schon habt?«

»Celine ist alleinerziehend, Mina, und sobald dieser Sozialarbeiter herausfindet, dass sie mit der Erziehung völlig überfordert ist und momentan absolut keine Ahnung hat, wo ihr Sohn steckt …« Er fährt sich mit einer unruhigen Geste durch die Haare. »Keine Ahnung, was dann passiert.«

»Weiß er denn, dass Celine …« Ich schaffe es nicht, es auszusprechen. Celine stand für mich immer auf einer Stufe mit meiner Mama, wirkte wie eine toughe, aufopfernde Mutter ohne Fehler. Und nun das.

Kein Wunder, dass Theo nicht auf ihre Hilfe zählen wollte, wo sie doch selbst Hilfe benötigt.

»Er weiß, dass Mikes Drogentest nach dem Unfall positiv war, und wenn er erst mal anfängt, genauer nachzuhaken, ist es nicht besonders weit bis zu ihr. Celine ist Teil von Mikes Problem …«

Theo schluckt schwer. Seine Augen schweifen über mein Gesicht, die kleine Falte über seiner Nase erscheint, und ich gebe mir einen Ruck und schließe die Lücke zwischen uns. Behutsam lasse ich meine Arme um seine Taille wandern, lege meine Stirn an seine Brust.

»Ich möchte dir so gerne helfen, aber ich weiß nicht, wie«, flüstere ich an ihn gelehnt.

»Bleib einfach hier. Eine Stunde, zwei, sieben – egal. Je länger, desto besser.« Er küsst meine Haare. »Lass uns irgendwas Hirnloses im Fernsehen anschauen. Wie ganz normale Leute in unserem Alter.«

»Und was ist mit Mike?«

»Mir fällt nichts ein, was wir noch tun könnten, außer die Polizei zu verständigen. Und das kann ich nicht.«

»Ich weiß.«

»Celine sagt, er kommt zurück. Bisher ist er immer zurückgekommen.«

Mit einiger Mühe schaffe ich es, meine Zweifel in einem Winkel meines Hirns zu vergraben, und nicke.

Theo bewegt den Kopf, streckt den Hals. »Das heißt, wir warten erst mal.« Eine Wolke CK One strömt mir entgegen, und ich muss lächeln. Dieser Geruch – ich schließe die Augen, atme ihn tief in mein Gedächtnis.

»Gut, warten wir.«

Theo greift nach meiner Hand und führt mich ins Wohnzimmer. Mit einem Nicken deutet er auf den Couchtisch, wo eine Handvoll DVDs akribisch aufgereiht liegt.

»Mikes Trash-Sammlung«, murmelt er und wirft sich aufs Sofa. »Das Anspruchsvollste daran ist wahrscheinlich, die Hüllen aufzumachen.«

»Also genau richtig.«

Ich nehme den erstbesten, weil es mir vollkommen egal ist, was wir uns ansehen. Theo scheint es ähnlich zu gehen, denn sobald ich neben ihm sitze, schlingt er seine Arme um mich, zieht mich näher zu sich heran und vergräbt sein Gesicht in meinen Haaren. Nach einer Weile lässt er sich gegen die Seitenlehne sinken und rutscht langsam tiefer, bis wir schließlich ineinander verschlungen auf der Couch liegen. Zehn Minuten später ist er eingeschlafen.

Ich drehe den Kopf, sehe ihm beim Schlafen zu. Behutsam, damit er nicht aufwacht, drücke ich meine Lippen auf seine. Seine Lider flattern, und ich weiche vorsichtig zurück.

Als ich aufwache, sitzt Celine vor mir auf dem Couchtisch. Ich schrecke hoch, ramme Theo dabei aus Versehen leicht den Ellbogen in die Seite, und er zieht grummelnd den Arm von meiner Taille. Celines Blick wandert von meinem Gesicht zu seinem. Sie lächelt kurz, dann fixiert sie mich erneut mit ihren stahlgrauen Augen.

»Mina«, sagt sie leise. »Das ist ja eine Überraschung.«

Ich nicke nur.

Sie steht auf und bedeutet mir mit einer Kopfbewegung, ihr zu folgen. Ich zögere, weil ich Theo nicht wecken will, und als sie es bemerkt, bleibt sie im Türrahmen stehen und sieht mich abwartend an.

Ihr Blick klebt an mir, ruhig und ausdruckslos. Die Alternative, Theo aufzuwecken, erscheint mir plötzlich sehr verlockend, doch er rührt sich nicht einmal, während ich mich unbeholfen aufrappele.

Als ich kurz nach Celine die Küche betrete, steht sie mit einem Glas in der Hand an der Spüle. Ich lenke mich von dem Gedanken ab, dass sich etwas anderes als Wasser darin befinden könnte, und schaue mich unauffällig um. Auch hier ist es überall sauber und aufgeräumt. Kaum zu glauben, dass zwei Teenager in diesem Haus leben.

»Wie geht es dir? Wir haben uns ja ewig nicht gesehen.«

»Ganz gut«, antworte ich. »Danke.«

»Ich wusste nicht, dass du und Theo – « Sie hält kurz inne, und ihr Mundwinkel zuckt, während sie mich mit einem eigenartigen Ausdruck mustert. »Ich wusste nicht, dass ihr zusammen seid.«

Anstatt etwas zu erwidern, lächle ich sie unsicher an, und sie runzelt fragend die Stirn. »Kommt ziemlich plötzlich, nachdem ihr ein paar Jahre gar nicht miteinander gesprochen habt, oder nicht?«

Ich weiß nicht, wie ich reagieren soll. Tief im Inneren habe ich gehofft, dass es sich wenigstens bei Celine so anfühlen würde wie bei Theo, als hätte sich kaum etwas verändert in den letzten Jahren. Aber das ist nicht so. Alles hat sich verändert, und ich weiß verdammt noch mal nicht, wie ich darauf reagieren soll. Die Spannung zwischen uns ist beinahe greifbar.

»Ähm, ja«, sage ich endlich gedehnt. »Es gab da ein paar Missverständnisse. Die haben wir allerdings inzwischen geklärt.«

»Interessant.« Sie nickt. »Und was hat er dir erzählt?«

Ich blicke sie verwundert an. »Wie bitte?« Verlangt sie jetzt ernsthaft, dass ich ihr –

»Irgendetwas wird dir Theo über Mike wohl erzählt haben«, sagt sie, schlagartig ungeduldig. »Also?«

Ich blinzele hektisch. Dieses Verhalten passt so gar nicht zu der Celine von früher – oder der Celine, die vor ein paar Tagen mit ihrem Sohn in der Einfahrt stand und ihm die Haare hinters Ohr gestrichen hat.

»Dass Mike abgehauen ist«, erwidere ich kühl. »Weil Sie sich gestritten haben.«

Ich sieze sie. Keine Ahnung, warum, immerhin habe ich sie früher geduzt. Aber das fühlt sich jetzt falsch an.

»Dann weißt du also auch nicht, wo er steckt?« Mit jedem Wort scheint ihr Körper an Kraft zu verlieren.

»Nein. Wenn ich es wüsste, hätte ich Theo sicher nicht die ganze Nacht nach ihm suchen lassen.« *Während Sie Ihren Rausch ausgeschlafen haben.* Ich beiße mir auf die Lippe. Ziemlich fest. Es tut weh. Doch Celine bemerkt nichts von alldem. Gedankenverloren betrachtet sie den blank gewienerten Fliesenboden.

»Stimmt, das wird sich Mike lange und oft anhören dürfen, wenn er zurückkommt.«

»*Falls* er zurückkommt«, verbessere ich sie, beiße erneut zu und wünsche mir, ich hätte Theo doch geweckt.

Ganz langsam hebt Celine den Blick, mustert mich mit einer Mischung aus Ungläubigkeit und Anerkennung.

»Worauf willst du hinaus?«, fragt sie, plötzlich wieder mit Engelsstimme.

Diese Stimmungsschwankungen machen mich nervös. Ich verschränke die Hände vor dem Körper, zucke mit den Schultern. »Dass ich an Ihrer Stelle nicht unbedingt darauf vertrauen würde«, murmele ich und füge hinzu: »Bei allem, was in der letzten Zeit passiert ist.«

Sie antwortet nicht, sieht mich bloß weiter an.

»Ich weiß von den Pillen. Ich habe ihn dabei erwischt, als er sie gekauft hat.«

»Er hat keine davon genommen«, entgegnet sie.

»Bisher vielleicht nicht.«

»In Ordnung, Schluss damit.« Celine schließt kurz ihre Augen, schüttelt den Kopf. »Im Moment ist mir ziemlich egal, ob er sich eine dieser Pillen eingeworfen hat. Ich will wissen, wo mein Sohn ist.«

»Ich weiß es nicht«, wiederhole ich. »Aber ich fürchte, das eine hängt mit dem anderen zusammen.«

Jetzt legt sie den Kopf ein wenig schräg, lächelt schwach. Allmählich kommt mir diese Geste wie das Familienwappen der Millers vor. Sie alle beherrschen das perfekt.

»Wie alt bist du?«, fragt Celine und erwischt mich damit erneut auf dem falschen Fuß.

»Siebzehn«, stammele ich.

»Und schon so vorlaut.« Sie kneift die Augen zusammen. »Du scheinst mir die einzige Siebzehnjährige zu sein, die noch nie was ausprobiert oder über die Stränge geschlagen hat, was?«

»Könnte sein.«

»In deinem Alter war ich bereits schwanger und bin einmal die Woche von zu Hause abgehauen«, sagt sie, als würde das die Sache in irgendeiner Weise besser machen. »Trotzdem habe ich zwei wundervolle Jungs großgezogen, und – schau dich um – ihnen fehlt es an nichts! Sie haben keinen Grund, wegzubleiben.«

Ich starre sie fassungslos an. *Keinen Grund?* Denkt sie tatsächlich, weil sie ihnen einen Audi, teure Möbel und eine Putze vor die Nase setzt, geht es ihren *Jungs* gut? Ich bringe es nicht einmal fertig, etwas darauf zu erwidern, so abwegig erscheint mir der Gedanke. Stattdessen schüttele ich stumm den Kopf.

Celine stellt ihr Glas auf der Arbeitsfläche ab und kommt auf mich zu, bis sie nur noch knapp einen Meter entfernt ist. Ein seltsam süßlicher Geruch umgibt sie. Ich bemühe mich, durch den Mund zu atmen.

»Hör mal, *Mina.*«

Dieser Unterton in ihrer Stimme …

»Ich weiß, du hast eine Bilderbuchfamilie. Freu dich darüber! Aber vielleicht hältst du dich zukünftig einfach aus unseren Angelegenheit heraus, wenn du nicht damit klarkommst, dass die Dinge hier manchmal ein bisschen anders laufen«, schlägt sie mit einem dünnen Lächeln vor.

Ich verkneife mir jeglichen weiteren Kommentar, obwohl das bedeutet, dass ich mir deshalb noch heftiger auf die Lippe beißen muss. Soll sie ihre verschobene Weltsicht doch behalten und ihre Söhne weiter durch eine imaginäre Glitzerfolie strahlen sehen.

»Bisher haben wir es ganz gut ohne deine Hilfe geschafft, also –«

»Schön, dass wir das geklärt haben«, ertönt Theos Stimme in meinem Rücken.

Celines Blick huscht an mir vorbei, und ihre Augen verengen sich erneut zu winzigen Schlitzen. »Anstatt hier herumzuturteln, solltet ihr euch lieber Gedanken machen, wo Mike noch sein könnte.«

»Ich habe mir die ganze Nacht darüber Gedanken gemacht«, erwidert Theo mit einer Seelenruhe, die Celine augenblicklich den Wind aus den Segeln nimmt. »Ich schätze, jetzt bist du mal an der Reihe, etwas zu unternehmen.«

Ein letztes Mal sieht sie mich an, dann rauscht sie an uns vorbei, die Treppe hinauf. Ich starre schweigend auf den Punkt vor mir, wo sie bis eben noch gestanden hat. Das ist ja wirklich mehr als hervorragend gelaufen.

Theo berührt mich leicht am Ellbogen. »Was, bitte, war das?«, fragt er. Als ich nicht reagiere, dreht er mich zu sich herum. »Wieso hast du mich nicht geweckt?« Die kleine Falte gräbt sich tief zwischen seine Augenbrauen.

»Wir wollten nur reden«, stammele ich. »Ich wollte …«

»Was? Nett sein? Du weißt, dass das in meiner Familie nicht funktioniert.«

»Früher ging das. Früher …« Ich stocke, suche nach den richtigen Worten. »Ich habe eure Mutter nicht so *verwirrend* in Erinnerung.«

Er lächelt matt. »Willkommen in meiner Welt.«

»Ich gehe dann wohl besser«, murmele ich an Theo gelehnt, doch er schüttelt den Kopf und zieht mich wortlos zurück ins Wohnzimmer.

»Nicht ihretwegen«, sagt er und drückt mich aufs Sofa. Dann sucht er einen neuen Film aus, legt die DVD ein und setzt sich ganz nah neben mich. Sein Arm landet so selbstverständlich auf meiner Schulter, als gäbe es gar keinen anderen Platz auf der Erde, wo er ihn hätte hinlegen können. »Sie bleibt ohnehin nicht mehr lange.«

»Aber ihr scheint der Gedanke nicht sonderlich zu gefallen, dass ich hier bin und alles mitbekomme.«

»Mir gefällt der Gedanke auch nicht, dass du alles mitbekommst. Dafür mag ich den, dass du hier bist, umso mehr.« Er sieht mich an, grinst, und ich muss ebenfalls grinsen.

Seit meiner Begegnung mit Celine wirkt er wacher, nicht direkt angespannt, aber seltsam erwartungsvoll. Man merkt ihm plötzlich kaum mehr an, dass er die Nacht durchgemacht hat, seine Erschöpfung ist bloß noch ein Hintergrundrauschen, und wenn ich die Augen halb schließe und meine Sicht verschwimmen lasse, verschwinden sogar die dunklen Ringe unter –

»Was tust du da?«, fragt er naserümpfend.

»Ich schaue dich an.«

»Okay, mach ruhig weiter.«

Er lässt seinen Arm zu meiner Taille hinabgleiten, drückt mich mit der Schulter zur Seite, während seine freie Hand meine Knie umfasst, sie nach oben zieht – und auf einmal liege ich halb unter ihm.

»Ich beschäftige mich schon irgendwie anders«, flüstert er und presst seine Lippen auf meine.

Ich bemühe mich gar nicht erst, standhaft zu bleiben, sondern küsse ihn zurück. Meine Finger wandern in seine Haare, ich atme seinen Geruch ein, bis mir schwindelig wird und er lachend seinen Mund von meinem löst.

Gerade als er etwas sagen will, kommt Celine die Treppe wieder herunter.

Ich rutsche tiefer auf der Couch, Theo dagegen setzt sich langsam wieder auf und schiebt den Unterkiefer nach vorne. Einen Moment lang herrscht völlige Stille, dann hören wir sie im Flur kramen.

»Theo!«

»Was?«

»Wo ist mein Handy?«

Er stößt die Luft aus. »Woher soll ich das wissen?«

Sie hantiert weiter herum und ruft schließlich ein erleichtertes »Ha!« aus, weil sie es wohl doch noch gefunden hat. Schlüssel klimpern aneinander, Celine öffnet die Tür. »Ich bin unterwegs. Wenn Mike auftaucht, gib mir Bescheid.«

»Gehst du ihn suchen?«

»Was denkst du denn?«

Er ballt die Hände zur Faust und presst die Kieferknochen aufeinander, bis es knackt. Ich möchte mir nicht einmal vorstellen, wie er sich fühlt, während wir darauf warten, dass die Tür ins Schloss fällt. Kurz darauf heult ein Motor draußen auf, und danach herrscht Ruhe.

Da ist sie wieder, diese Leere in Theos Gesicht. Ich richte mich auf, rücke vorsichtig näher und lege meine Hand auf seinen Oberschenkel. »Theo …«

»Schon gut.« Er lehnt sich zurück, verschränkt die Arme hinter dem Kopf und starrt an die Decke.

Dieser unablässige Regen aus Unglück in den letzten Wochen hat ihn schmal werden lassen, als würde er ihn von innen heraus auffressen, und seine Ruhelosigkeit hat sich noch weiter verstärkt. Er wippt jetzt nervös mit den Beinen. Ich beuge mich über ihn und drehe sein Gesicht so weit, dass ich ihm einen Kuss auf den Mund hauchen kann. Er beobachtet mich dabei. Das Eis in seinen Augen beginnt sich zu verändern. Während ich an seiner Unterlippe knabbere, wird es dunkler als jemals zuvor, ungewöhnlich trüb. Einen Moment lang sieht er mich nur an, dann lässt er seine Arme sinken und zieht mich an sich.

»Scheiß drauf«, murmelt er und küsst mich, dass es beinahe wehtut.

Mein Herz beginnt zu rasen. Plötzlich sind seine Hände überall. Ich spüre sie an meiner Hüfte, unter meinem Pullover, auf meiner nackten Haut, und es fühlt sich beängstigend fantastisch an. Sie streifen weiter meinen Rücken hinauf, führen eine Welle aus Gänsehaut an, die über meinen Körper galoppiert, bis seine Finger schließlich am Verschluss meines BHs verharren.

Als er die Häkchen löst, rastet die Sicherung in meinem Hirn mit einem Klicken wieder ein.

Obwohl er mich nur widerwillig gewähren lässt, weiche ich so weit zurück, dass Theo seinen Mund von meinem lösen muss.

»Warte«, murmele ich außer Atem.

Das dunkel glühende Eis wird vom Schwarz seiner Pupillen eingesogen. Theo legt den Kopf in den Nacken, will seine Hände unter meinem Pullover hervorziehen, doch ich hindere ihn daran.

»Ich habe nicht gesagt, du sollst aufhören«, füge ich leise hinzu und halte ihn fest, bis er mich erneut ansieht. »Ich denke nur« – er lächelt schwach und will sich noch einmal zurückziehen –, »nicht unbedingt hier.«

Jetzt erstarrt er. Sein Mund öffnet sich, aber ehe er etwas erwidern kann, stehe ich auf und nehme seine Hände.

»Mina, ich wollte nicht …«, stammelt er.

Ich achte nicht darauf.

Oben hat sich nicht ganz so viel verändert wie im Erdgeschoss. Die Poster und Schilder sind von den Zimmertüren verschwunden, ebenso der große wuchtige Eichenschrank, der früher direkt neben der Treppe stand. Dadurch sieht alles viel heller und luftiger aus. Vor seinem Zimmer hält er mich zurück.

»Wirklich«, sagt er. »Ich wollte nicht … ich …«

»Was willst du nicht? Mich?«

»Nein, oh Mann. Als ob das jemals ein Problem werden könnte.« Er lacht gequält auf, vergräbt das Gesicht in den Händen. »Ich will mich bloß nicht schon wieder entschuldigen müssen.«

»Keine Sorge, das übernehme ich.«

Man stellt sich immer vor, dass sich das erste Mal mindestens großartig anfühlen sollte. Fühlt es sich nicht großartig an, ist es der falsche Zeitpunkt, der falsche Ort oder ganz allgemein keine so gute Idee. Ob einer dieser Gedanken für Theo gilt, weiß ich nicht. Jedenfalls scheint er ziemlich unsicher, als er die Tür hinter sich schließt und langsam zu mir herüberkommt. Mit den Händen in den Hosentaschen bleibt er vor mir stehen.

Ich grinse ihn an, er hebt eine Augenbraue, lächelt leicht, und ich ziehe ihn zu mir aufs Bett. Mit einer Mischung aus Anspannung und purem Erstaunen sieht er dabei zu, wie ich meinen Pullover in die Ecke werfe, beugt sich über mich, als ich mich zurücklehne, und stützt sich neben meinen Schultern ab. Dann lässt er sich herabsinken, bis sein Mund meinen berührt. Beinahe vorsichtig wandern seine Finger nun über meinen Körper, während wir uns küssen. Ich helfe ihm aus seinem Pullover, ziehe ihm das Shirt über den Kopf. Seine Haut ist weich und noch ganz zart braun gebrannt.

Als ich beginne, seine Hose aufzuknöpfen, stemmt er sich nach oben. Seine Wangen glühen, bringen den kleinen Rest Eis in seinen Augen zum Splittern.

»Wo warst du bloß die letzten Jahre?«, flüstert er.

Ich kann sehen, dass er gegen seine Vernunft ankämpft, und ich kann sehen, wie die Vernunft verliert.

Und es fühlt sich mindestens großartig an.

Mama weckt mich um acht Uhr, obwohl Samstag ist. Das kann nichts Gutes bedeuten. Sie setzt sich an meinen Bettrand, sieht mich mit ernster Miene an und atmet gleich zweimal tief durch, während ich mich aufsetze.

»Ich habe gerade mit Celine gesprochen.«

Nein, nichts Gutes.

»Sie hat mich gefragt, ob ich Mike gesehen hätte.«

Ich nicke verhalten, betrachte meine Hände.

»Offensichtlich ist er von zu Hause weggelaufen. Vorgestern Nacht schon.«

Mir bleibt nichts anderes übrig, ich nicke erneut.

»Was ist passiert?«, will Mama wissen, und als ich unschlüssig die Lippen aufeinanderpresse, fährt sie sich mit einer Hand über die Augen. »Mina, bitte. Du musst diese Teenager-Sache nicht gleich von null auf hundert treiben«, seufzt sie. »Also, was ist passiert?«

»Wie kommst du darauf, dass ich etwas darüber weiß?«, frage ich ausweichend, doch sie antwortet nicht darauf, sondern mustert mich bloß eindringlich.

Diesen Blick kenne ich von früher, wenn ich nach Hause gekommen bin und sie mir an der Nasenspitze angesehen hat, dass etwas nicht in Ordnung ist. Mein Vater hat ihn inzwischen auch drauf, aber Mama hat ihn perfektioniert. Und je länger sie mich fixiert, desto mehr wird mir bewusst, dass sie nicht nachgeben wird, bis sie nicht das letzte Wort aus mir herausgewrungen hat.

»Sie haben sich gestritten, Celine und Mike«, murmele ich schließlich und verschränke meine Finger ineinander.

»Kommt in den besten Familien vor«, erwidert Mama. »Das ist kein Grund wegzulaufen.«

»Wenn es häufiger vorkommt, vielleicht schon.«

»Nein.« Mit einem Kopfschütteln schiebt sie mich zur Seite und setzt sich neben mich aufs Bett. »Du kennst meine Meinung dazu. Seit Jahren versuche ich dir zu erklären, dass Weglaufen – egal vor was – keine Lösung ist.«

»Mama«, entgegne ich leicht gereizt, »hier geht es nicht um mich, okay?«

Ihr Blick schweift durchs Zimmer, als würde sie all die Möbel, Bilder und Regale zum ersten Mal sehen. Ich bin sicher, sie überlegt, was sie darauf antworten könnte, und weil es so lange dauert, bis sie die richtigen Worte gefunden hat, muss die Antwort schwierig sein. Schließlich treffen ihre Augen auf meine.

»Ich weiß, dass du mit Theo zusammen bist«, sagt sie. »Also geht es sehr wohl auch um dich.«

Mein Herz setzt für einen Moment aus, und meine einzige Reaktion ist ein erstauntes Luftschnappen.

»Ja, ich dachte mir schon, dass ihr das für euch behalten wollt. Dann solltet ihr allerdings damit aufhören, euch an Orten zu küssen, wo es jeder sehen kann.«

Die Straße.

»Keine Sorge, ich habe nichts dagegen«, fügt Mama eilig hinzu. »Im Gegenteil, Theo ist ein netter Kerl, und ich bin froh, dass er dich aus deiner Isolation holt.« Sie lächelt. »Seit ihr wieder miteinander sprecht, bist du ein völlig anderer Mensch geworden.«

Sie hat recht, also erwidere ich ihr Lächeln nur stumm.

»Aber ich will wissen, was mit Mike los ist. Man hört ja so einiges seit seinem Unfall.«

Na super. Ein weiteres dieser Gespräche, die nur nach hinten losgehen können, weil das Eis darunter so dünn ist, dass ich unweigerlich einbrechen *muss*. Offenbar ist mein Karma noch viel schlechter als gedacht.

»Und das wäre?«

»Dass er mit *Drogen* zu tun hätte.«

Sie spricht das Wort aus, als würde das allein bereits genügen, um abhängig zu werden. Als könne sich jemand aus unserer Familie mit einer gefährlichen Krankheit anstecken, wenn sie nur daran denkt. Am liebsten würde ich ihr ins Gesicht lügen, ihr sagen, dass das alles Blödsinn ist. Allerdings habe ich sie noch nie belogen. Ich habe ihr Dinge verschwiegen, ja, aber lügen … das steht auf einem völlig anderen Blatt. Wieso sollte ich jemandem etwas vormachen, der immer für mich da ist, mit mir durch dick und dünn geht?

Doch jetzt ist da plötzlich Theo, und jetzt ist da plötzlich ein viel größeres Problem, das sie nicht allein dadurch in den Griff bekommt, dass sie zuhört.

Also lüge ich.

»Ab und zu raucht er wohl einen Joint, stimmt.«

Mama zieht eine Grimasse. »Das musste ja so kommen.«

Ich sehe sie blinzelnd an. »Bitte?«

»Celine ist sicher außer sich vor Sorge …«

Oh ja, *völlig* außer sich.

»Aber ehrlich gesagt wundert mich Mikes Verhalten nicht.«

»Mama. Was willst du mir sagen?«

Sie windet sich, weicht meinem Blick aus, reibt sich die Stirn – und gibt schließlich seufzend auf. »Celine hat ein ganz ähnliches Problem, fürchte ich.«

Zum zweiten Mal innerhalb von ein paar Minuten setzt mein Herz aus. Sie weiß davon? Und hat mir nie etwas gesagt? Okay, wahrscheinlich hätte ich bis vor Kurzem nicht einmal richtig zugehört, wenn sie es mir erzählt hätte. Trotzdem …

Ich warte darauf, dass sie weiterspricht, dass sie mir schlussendlich den Kontakt zu Theo doch noch verbietet. Aber als sie mich anschaut, liegt in ihren Augen dieselbe Angst wie damals, als ich gedroht habe, mich für den Rest meines Lebens in meinem Zimmer einzuschließen.

»Ich habe zwei Fragen, Mina, und ich möchte, dass du sie mir ehrlich beantwortest, ja?«

Wenn sie mich fragt, ob ich sie belogen habe, knicke ich ein.

Trotzdem sage ich: »Klar.«

»Hast du auch etwas genommen?«

»Mama!« Ich starre sie entgeistert an. Mit allem habe ich gerechnet, bloß damit nicht. Und allein die Tatsache, dass sie mir so etwas zutraut, kränkt mich bereits.

»Ja oder nein?«

»Natürlich nicht!«

Nach einem Augenblick des Zögerns macht sich Erleichterung auf ihrem Gesicht breit. Doch ein kleiner Rest der Angst bleibt. »Gut.« Sie drückt mir einen Kuss auf die Stirn. »Und Theo?«

»Ich weiß es nicht«, gebe ich nach einer Weile offen zu, denn eine weitere Lüge kriege ich nicht über die Lippen, egal, wie sehr ich mich bemühe. »Vielleicht hat er es irgendwann einmal probiert.«

Sie atmet tief ein, hält die Luft einen Moment an, ehe sie sie durch einen schmalen Spalt zwischen ihren Lippen wieder hinauslässt. »Ich bin mir nicht sicher, was ich dazu sagen soll«, beginnt sie und wird vom Summen meines Handys auf dem Nachttisch neben ihr unterbrochen.

Sie wirft einen Blick hinüber, nimmt das Telefon und reicht es mir.

Eingehender Anruf Theo Handy.

»Nimm ab«, sagt sie. »Wir sprechen später weiter.«

Sobald Mama das Zimmer verlassen hat, nehme ich das Gespräch an.

»Hi«, flüstere ich.

Wärme strömt von meinem Bauch bis in meine Zehen.

Er antwortet nicht. Ich kann seinen Atem hören, aber er antwortet nicht.

»Theo?«

Die Wärme verschwindet so schnell, wie sie gekommen ist.

»Ich brauche dich.«

Ohne zu zögern, springe ich aus dem Bett, stelle das Gespräch laut und zerre frische Kleidung aus meinem Schrank.

»Wo bist du?«

»Im Krankenhaus. Intensivstation.« Keinerlei Emotion liegt in seiner Stimme. Als würde ich mit einem Roboter sprechen. »Sie haben Mike gefunden.«

Ich wollte nie wieder durch die Stadt rasen. Jetzt wünsche ich mir nichts sehnlicher, als dass Mama mehr als die zehn Stundenkilometer zu schnell fährt, die auf dem Tacho angezeigt werden.

Wir schweigen. Ich kann ihr nicht sagen, was sie wissen will, und sie mir nicht, was ich hören will.

Es gibt nichts zu besprechen.

Theo lehnt mit dem Rücken an einem der Pfeiler, die das Glasdach über dem Eingang stützen. Er hat die Arme vor der Brust verschränkt, den Kopf gesenkt und die Kapuze seiner Jacke ins Gesicht gezogen. Wenn ich nicht wüsste, dass es unmöglich Mike sein kann, ich hätte die beiden verwechselt, so zusammengesunken und verletzt, wie er wirkt. Das selbstbewusste Auftreten, das ihn noch vor zwei Wochen gegen die Außenwelt abgeschirmt hat, hat Risse bekommen.

Erst als unser Wagen neben ihm hält, hebt er den Blick. Seine Augen schweifen zu meiner Mutter, und das letzte bisschen Mut tröpfelt aus seinem Körper. Er lächelt müde.

Ich öffne die Tür und fürchte schon, dass Mama etwas zu ihm sagen wird, doch sie lächelt nur zurück und fährt weiter, sobald die Tür hinter mir zugefallen ist.

»Hey«, murmele ich und bleibe eine Armlänge entfernt von ihm stehen.

Seit gestern sind Jahrhunderte vergangen, Zeit genug für ihn, eine unsichtbare Barriere um sich herum zu errichten. Ich komme nicht näher an ihn heran.

»Hey.« Er blinzelt.

»Es ging leider nicht schneller.«

»Eigentlich ging es viel zu schnell«, erwidert er und lässt seine Arme sinken. In einer Hand hält er sein Handy, schaut gedankenversunken darauf hinab. »Ich habe versucht, dich zu erreichen, aber du bist nicht mehr drangegangen.«

»Weswegen?«

»Um dir zu sagen, dass du zu Hause bleiben sollst.« Er zieht die Augenbrauen zusammen. »Es war falsch, dich herzuholen. Ich will dich nicht noch tiefer in die Sache –«

»Stopp.« Irgendwie schaffe ich es, seine Schutzbarriere um ein paar Zentimeter zu überschreiten, ohne dass einer von uns in Flammen aufgeht. »Fang nicht schon wieder damit an.«

»Ich … ich habe den Ausdruck auf dem Gesicht deiner Mum gesehen.« Er dreht das Telefon einmal in seinen Händen, dann steckt er es in die Hosentasche. »Sie hat Angst um dich.«

»Wäre schlimm, wenn nicht. Ich bin ihre Tochter.«

Ein weiterer Schritt. Er stößt sich von dem Pfeiler in seinem Rücken ab und weicht ein wenig zur Seite.

»Jetzt sieh *mich* an«, fordere ich ihn auf. »Was für einen Ausdruck habe ich im Gesicht?«

Seine Augen wandern ruhelos umher, bis sie nach einer gefühlten Ewigkeit endlich auf mir landen. Statt etwas zu erwidern, schüttelt er den Kopf.

»Theo. Was ist passiert?«

»Sie lassen mich nicht zu ihm, solange Celine nicht da ist.«

»Warum?«

»Weil er eine Überdosis GHB hat. Liquid Ecstasy.«

Ich sitze ganz vorne auf dem Rand eines dieser weißen Plastikstühle, damit möglichst wenig von meinem Körper mit diesem Ding in Berührung kommt. Doch nach knapp einer Stunde Stehen wollten meine Beine mich einfach nicht mehr tragen.

Theo dreht endlos Runden vor der Milchglastür, auf der in großen blauen Buchstaben *INTENSIVSTATION – Bitte klingeln und auf Antwort warten!* steht. Sie lassen ihn noch immer nicht hinein, solange kein Erziehungsberechtigter vor Ort ist. Deshalb versucht er unentwegt, Celine zu erreichen, die aber nicht ans Telefon geht.

Ich beobachte ihn, verfolge jeden seiner Milliarden Schritte und denke währenddessen darüber nach, was ich über Liquid Ecstasy weiß. Viel ist es nicht, ich erinnere mich nur daran, dass es – wie der Name schon vermuten lässt – eine Designerdroge ist, die in kleineren Mengen aufputschend wirkt. In größeren Mengen allerdings kann einen das Zeug ordentlich ausknocken.

Nach LSD und irgendwelchen Pillen musste Mike ausgerechnet noch mehr von solch chemischem Mist nehmen, der in irgendeinem Labor zusammengemischt worden ist. Und auch noch zu viel davon …

Die Milchglastür öffnet sich, und kurz darauf streckt eine Schwester ihren Kopf heraus. Sie trägt eine Haube, die ihre dunklen Haare verdeckt, Gummihandschuhe, einen blauen Kittel und berührt alles nur mit dem Ellbogen.

Theo bleibt stehen und sieht sie erwartungsvoll an.

»Haben Sie Ihre Mutter erreicht?«, will sie wissen.

Er verneint stumm.

»Und sie ist die einzige Erziehungsberechtigte?«

»Ja.«

Sie seufzt und verzieht unzufrieden das Gesicht. Einen Moment lang scheint sie abzuwägen, was für eine Entscheidung sie fällen soll, wirft einen Blick nach hinten und zuckt dann mit den Schultern. »Also gut, ich weiß jetzt auch nicht weiter. Kommen Sie rein. Aber allein!«

Theo nickt. Er dreht den Kopf, schaut mich an. Ich winke ihn vorwärts. *Mach schon!*

Die Tür schließt sich langsam hinter ihm, und das ohnehin schon ungute Gefühl in meiner Brust breitet sich mit rasender Geschwindigkeit im Rest meines Körpers aus.

Inzwischen habe ich Übung darin, Uhren zu beobachten.

Nachdem sich der Minutenzeiger zweiundzwanzig Mal vorwärtsbewegt hat, fällt mir auf, wie durstig ich bin. Mein Mund fühlt sich an, als hätte man ihn mit Sandpapier ausgekleidet, und mit jeder weiteren Minute wird es schlimmer. Ich habe heute Morgen zwar noch schnell die Zähne geputzt, bevor wir losgefahren sind, aber weder etwas gegessen noch getrunken. Das rächt sich allmählich.

Ich laufe den kleinen Gang entlang – die Milchglastür stets im Blick –, auf der Suche nach einem Getränkeautomaten. Nichts. Im Erdgeschoss, gegenüber vom Eingang, steht zwar einer, doch ich kann mich nicht dazu durchringen, hinunterzufahren.

Nach weiteren vierzig Minuten halte ich es schließlich nicht mehr aus. Ich krame alle Münzen aus meiner Jackentasche und rufe den Aufzug. Sobald sich die Türen unten wieder öffnen, sprinte ich nach rechts, quer durch die Eingangshalle.

Jemand steht vor dem Automaten, und zuerst glaube ich, derjenige will sich auch etwas zu trinken holen. Aber dann sehe ich, dass die Tür der Maschine offen steht und der Mann einen grauen Overall trägt. Er füllt die einzelnen Produkte nach und scheint dabei eine ganze Menge Zeit zu haben.

Ich werfe zum hundertsten Mal, seit wir das Krankenhaus betreten haben, einen Blick auf meine Uhr. Inzwischen ist es Mittag. Nach zwei Minuten, in denen der Kerl gerade einmal die Hälfte der Schächte bestückt hat, spreche ich ihn an. »Entschuldigen Sie bitte.«

Er dreht sich um und mustert mich fragend.

»Geht das vielleicht ein kleines bisschen schneller? Ich muss dringend zurück nach –«

»Ja, hier haben es immer alle eilig.«

Ich strecke ihm alles Geld entgegen, das ich in der Hand halte. »Geben Sie mir einfach eine Flasche Wasser.«

Er zögert kurz, dann betrachtet er die Münzen und schüttelt den Kopf. »Das ist zu viel«, sagt er und reicht mir zwei Flaschen.

Ich nehme beide, bedanke mich artig und renne zurück zum Aufzug. Sobald er da ist, hämmere ich auf den Knopf für die erste Etage, und kurz darauf sitze ich wieder auf dem Rand meines Plastikstuhls.

Von Theo ist nichts zu sehen.

Ich trinke die erste Flasche leer, die zweite lasse ich für Theo übrig. Danach krame ich mein Handy hervor, spiele ungefähr zehn Runden Bubbleshooter, ehe es mich langweilt und ich die erstbeste Nachrichten-App herunterlade, aufrufe und nach ein paar gelesenen Artikeln wieder lösche. Ich kann mich ohnehin nicht konzentrieren. Meine Gedanken kreisen um Mike, darum, wie es ihm wohl geht und weshalb er dumm genug war, sich so etwas anzutun. Sich und seinem Bruder.

Vertrauen. Völlig bescheuerte Angewohnheit, hat er gesagt. Und bewiesen, dass er recht damit hatte.

Ich werfe einen weiteren Blick auf die Uhr. Kurz nach eins. Theo ist seit über zwei Stunden da drin, ohne dass ich etwas von ihm gehört habe oder Celine aufgetaucht wäre. Allmählich wächst das ungute Gefühl zu einem richtig schlechten Gefühl an.

Nach weiteren zwanzig Minuten erhebe ich mich mit zittrigen Beinen, laufe zur Milchglastür hinüber und drücke auf die Klingel.

Ich muss nicht lange warten, bis eine Schwester sich meldet.

»Hallo?«

»Hallo, entschuldigen Sie die Störung. Ich bin mit Herrn Miller hier, Theo Miller. Er besucht seinen Bruder.«

Zunächst herrscht Stille, dann: »Ja?«

»Könnten Sie ihm vielleicht nur kurz ausrichten, dass ich mich abholen lasse? Er muss sich also nicht –«

»Einen Moment, bitte.« Ich höre, wie sie leise mit jemandem Rücksprache hält, ehe sie sich wieder an mich wendet. »Hören Sie?«

»Ja.«

»Ich fürchte, Sie müssen sich verpasst haben. Der junge Mann ist vor etwa einer Stunde gegangen.«

Mama geht nach dem ersten Klingeln ans Telefon.

Ohne nach dem Grund zu fragen, erklärt sie sich bereit, mich abzuholen, möchte nur wissen, ob mit mir alles in Ordnung ist.

»Ja«, sage ich, obwohl nichts in Ordnung ist.

Nachdem er sich zwei Tage wer weiß wo herumgetrieben hat, wird Mike mit einer Überdosis auf der Intensivstation eingeliefert. Seine Mutter scheint sich entweder einen Dreck um ihn zu kümmern oder hat sich selbst nicht im Griff, denn sie ist immer noch nicht aufgetaucht. Und Theo ist ebenfalls verschwunden. Er geht nicht ans Handy, antwortet nicht auf meine WhatsApp-Nachrichten, hat keine Mitteilung auf der Station hinterlassen.

»Ja, alles gut«, wiederhole ich und lege auf. Lügen wird einfacher, je öfter man es probiert.

Ich nehme die Treppen ins Erdgeschoss, laufe wie ferngesteuert in Richtung Ausgang. Der Pförtner betrachtet mich neugierig. Wahrscheinlich sieht er täglich Menschen, die das Krankenhaus mit dem wissenden Ausdruck im Gesicht verlassen, dass *nichts in Ordnung ist.*

»Hallo!«, ruft er, sobald ich an ihm vorbei bin.

Ich bleibe stehen, drehe mich um, sehe ihn an.

»Wollen Sie einen Schirm? Draußen schüttet es wie aus Eimern.«

Ich schüttele den Kopf und laufe weiter. Was juckt mich das Wetter?

Regen peitscht mir ins Gesicht, sobald ich die Tür geöffnet habe, und durchnässt mich innerhalb weniger Sekunden, obwohl ich noch unter dem Glasdach stehe. Die Tropfen scheinen von überall zu kommen, selbst von unten. Wenn ich schon nass werde, dann richtig, denke ich und trete unter dem Dach hervor. Mit einem Knoten im Herzen lege ich den Kopf in den Nacken, starre mit zusammengekniffenen Augen in die Wolkendecke hinauf.

Wenn ich jemals bei so einem Wetter auf ein Dach steigen sollte, dann wenigstens so hoch, dass ich über dem Regen in der Sonne sitze.

Ich öffne die Augen ein bisschen weiter, lasse meinen Blick an der Außenwand der Klinik nach oben gleiten. Fünf Stockwerke.

... über dem Regen ...

Ich mache auf dem Absatz kehrt und renne zurück zum Eingang. Der Pförtner lächelt freundlich, als er mich entdeckt, und zieht einen Schirm aus einem Eimer hinter sich. Er reicht ihn mir.

»Nein, danke«, erwidere ich. »Aber würden Sie mir eine Frage beantworten?«

Die Dachterrasse ist riesig. Der Vorhang aus prasselndem Regen schneidet die Welt in winzige Streifen, und obwohl es gerade einmal früher Nachmittag ist, zieht sich das Licht bereits zusammen. Bald wird es dunkel.

Er ist nicht da.

Ich war mir so sicher, dass ich ihn hier finden würde. So sicher ...

Mit müden Gedanken greife ich nach hinten, öffne die Tür – und nehme eine Bewegung aus dem Augenwinkel wahr. Jemand bewegt sich, zieht seine Knie näher an den Körper.

Er sitzt am anderen Ende der Terrasse in der Ecke, mit dem Rücken gegen die Dachumrandung gelehnt. Seine dunklen Kleider haben sich bereits so mit Wasser vollgesogen, dass sie schwer an ihm herunterhängen.

Erst jetzt fällt mir das dunkle Häufchen aus Plastik und Metall auf, das ein paar Schritte entfernt von mir auf dem Boden liegt. Sein Handy, in drei Teile zersprungen. Das Display ist komplett hinüber, die Schale gesplittert.

Noch während ich darüber nachdenke, was ich zu Theo sagen könnte, dreht er den Kopf. Seine Augen finden meine, und wie von selbst setzen sich meine Füße in Bewegung, bis ich schließlich neben ihm stehe.

»Das ist nicht hoch genug«, sage ich.

Er antwortet nicht, schaut mich bloß fragend an.

»Das Dach, es ist nicht hoch genug. Du sitzt immer noch im Regen.«

»Man gewöhnt sich mit der Zeit an alles«, entgegnet er.

Als ich mich neben ihm niederlasse, löst er seinen Blick von mir und starrt wieder nach vorn.

Eine Weile kauern wir stumm nebeneinander, jeder für sich. Theo wirkt so verloren auf dieser großen Terrasse, er sieht kleiner aus als jemals zuvor.

Ich schiebe Worte in meinen Gedanken umher, puzzle sie zu Sätzen zusammen, doch Theo ist schneller als ich.

»Du solltest nicht hier sein«, sagt er.

Ich schlucke gegen die Beklemmung in meinem Hals an. »Du auch nicht.«

»Hör zu, Mina, ich …« Er atmet tief durch, verschränkt seine Finger. »Ich bin gerade nicht die beste Gesellschaft, die du dir wünschen kannst, und …«

»Und was?«, frage ich. All die Anspannung der letzten Tage färbt meine Stimme hell. »Wenn ich jetzt gehe und dich allein hier oben sitzen lasse, ist morgen alles wieder gut? Wie im Märchen?«

Er lacht und klingt dabei alles andere als fröhlich. »Die nötigen Zutaten haben wir ja beisammen: die böse Schwiegermutter, den verunglückten Bruder des blauäugigen Prinzen, die wunderschöne Prinzessin – fehlt nur die gute Fee mit den drei Wünschen.«

»Aber wir sind nicht im Märchen.«

»Richtig.« Er nickt bedächtig. »Also muss ich es anders geregelt kriegen. Ohne Hilfe.«

»Du meinst, ohne *meine* Hilfe.«

Weil er nicht antwortet, rücke ich ein wenig näher an ihn heran, doch ich erreiche ihn nicht.

»Wieso?«, bohre ich weiter nach.

Theo seufzt. »Weil du deine kleine Welt gewöhnt bist.« Er deutet mit einem Nicken Richtung Dachkante. »Dein Leben findet da unten statt, und Celine wusste das von Anfang an.«

»Meine *kleine Welt*?«, erwidere ich. »Was genau meinst du damit? Die einhundert Prozent Tarnmodus? Meine Unsichtbarkeitsnummer?«

»Du solltest inzwischen herausgefunden haben, dass du nicht unsichtbar bist.«

»Und du solltest inzwischen herausgefunden haben, dass ich es wegen dir nicht mehr sein wollte.«

Ein leichtes Lächeln fliegt über seine Lippen hinweg. So schnell es gekommen ist, verschwindet es auch wieder, und Theo legt den Kopf in den Nacken.

»Lass mich erst einmal herausfinden, wie ich Ordnung in mein Chaos bringen kann, und danach sprechen wir weiter«, murmelt er mit geschlossenen Augen.

»Nicht dass das deine Aufgabe wäre«, entgegne ich missmutig. Ein paar Minuten sitzen wir einfach nur da und starren in den Regen.

»Was ist mit Mike?«, frage ich schließlich, ernte jedoch nichts als Schweigen. Und auf einmal steigt Ärger in mir auf.

Während ich mit jedem Tag, jeder Stunde, die wir in den letzten Wochen miteinander verbracht haben, mehr von mir preisgegeben habe, verschließt er sich Stück für Stück. Ich bin nicht auf das Dach dieser blöden Klinik gestiegen, um dabei zuzusehen, wie er immer tiefer in diesem Sumpf aus falschen Entscheidungen versinkt.

»Würdest du bitte antworten?«, platzt meine Wut endlich aus mir heraus, und Theo wirft mir einen kurzen Blick von der Seite zu. Dann schließt er erneut die Augen und lässt die Regentropfen auf sein Gesicht herabprasseln. Sie perlen ab wie all meine Worte bisher. Ich muss einen anderen Weg finden.

»Heute Morgen am Telefon«, fahre ich fort, weil ich weiß, dass er ohnehin nicht mehr antworten wird, »da hast du gesagt, du brauchst mich.«

Theo hebt die Hand, streicht sich einige pitschnasse Strähnen hinters Ohr. Seine Haare sind länger geworden in den letzten Wochen, störrischer.

»War das gelogen?«

»Was?« Er senkt den Kopf und sieht mich an, die Stirn in Falten gelegt. »Natürlich nicht.«

»Wie kann es dann falsch sein, dass ich hier bin?«, frage ich und versuche, dabei ruhig zu bleiben.

Das Blau seiner Augen flammt auf, während er mich eindringlich mustert. Ich kann bis auf den Grund sehen. All sein Sarkasmus und sein schwarzer Humor sind aufgebraucht, die schützende Wolke aus Selbstsicherheit hängt in Fetzen herab.

»Ich weiß, du willst nur helfen«, sagt Theo leise. »Aber glaub mir, das kannst du nicht.«

Mein Herz schnappt zusammen.

»Mina, das hier ist nicht dein Problem –«

»Selbstverständlich ist es mein Problem!«, unterbreche ich ihn, und plötzlich gelingt es mir nicht mehr, das Zittern aus meiner Stimme herauszuhalten. Mit einem Rauschen schäumt mein Ärger über. »Ich habe es dazu gemacht!« Ich strecke einen Finger nach dem anderen aus, während ich aufzähle: »Ich bin wieder zu dir auf dieses bescheuerte Dach gestiegen, obwohl ich mir geschworen habe, kein einziges Wort mehr in meinem Leben mit dir zu wechseln. Ich habe meine Mutter belogen. Ich habe mich mit deiner Mutter angelegt, mit deinem Bruder ...«

»Siehst du? Deshalb hätte ich dich heraushalten müssen.« Er verzieht das Gesicht. »Celine ist irgendwo versumpft – leider oder Gott sei Dank, ich kann mich nicht entscheiden –, mein Bruder liegt nach vier Atemstillständen im Koma, und ich habe keine Ahnung, ob er jemals wieder aufwacht. Ich sollte dich nicht mit diesem Zeug belasten, es ist einfach zu viel.«

»Nein.« Ich schüttele entschieden den Kopf. »Es ist zu wenig.«

Mit einem Anflug von Fassungslosigkeit hebt er die Augenbrauen. »Bitte?«

»Es ist zu wenig Theo.«

»Ich verstehe nicht, was du meinst.«

Ich drehe mich zur Seite, sodass ich ihn direkt ansehen kann. »Ständig sprichst du von Mike und Celine und musst dabei zuschauen, wie ihre Probleme über euch alle drei hinauswachsen. Deine ganze Existenz dreht sich nur noch darum, die Scherben zu beseitigen, die die beiden überall hinterlassen. Das ist zu viel Mike und Celine, da hast du recht. Aber es ist zu wenig Theo.«

Er legt den Kopf schräg.

»Wo steckst *du* in dieser ganzen Geschichte? Wo steckt das, was Theo will?«

»Das ...«, er zögert nur den Bruchteil einer Sekunde, »... das ist meine Familie, und ich will sie ...«

»Du solltest Teil dieser Familie sein, nicht derjenige, der hinter ihr aufräumt.«

Er blinzelt, beißt sich auf die Unterlippe.

Der Wind frischt auf und treibt Schneisen aus eisigem Wasser über unsere Gesichter.

»Allerdings«, sage ich und wische mir mit vor Kälte zitternden Fingern eines der Rinnsale aus dem Gesicht, »bin ich nicht hier, um mich mit dir über deine Familie zu streiten, sondern *deinetwegen*. Ich bin hier, weil ich hier sein will. Weil es mein Leben ist und es bisher viel zu wenig Theo darin gab.«

»Mina, ich –«

»Warte!« Ich hebe eine Hand, bringe ihn damit zum Schweigen. »Lass mich ausreden.«

Theo verkneift sich ein Lächeln und nickt.

»Ich verstehe, warum du abgehauen bist. Ich will nur nicht, dass du dich vollkommen von dieser Geschichte verschlucken lässt, und dabei kann ich dir sehr wohl behilflich sein. Selbst wenn du das im Moment nicht einsiehst. Ich weiß, wie es sich anfühlt, vor einer Mauer zu stehen und nicht weiterzuwissen.«

»Mina –«

»Ich hatte damals meine Mama. Ohne sie wäre ich wahrscheinlich komplett verloren gewesen. Und jetzt –«

»Mina!«

»Was denn?!«

Er lässt seinen Blick über mein Gesicht wandern. Dann rutscht er ein Stück näher, so nah, dass ich die Wärme spüren kann, die von seinem Körper ausstrahlt. Ein Schauer kriecht meine Wirbelsäule hinab.

»Du hast recht«, sagt er.

»Womit?«

»Mit so ziemlich allem.«

Er benutzt beinahe die gleichen Worte wie ich vor ein paar Tagen, und ich verziehe den Mund zu einem Lächeln.

»Und es ist auch überhaupt nicht schlimm, dass das Dach nicht ganz so hoch ist«, fügt er hinzu.

»Nein?«, flüstere ich.

»Nein. Nur ein Stockwerk höher, und ich wäre wahrscheinlich gar nicht hochgestiegen. Wer weiß, vielleicht hättest du mir sonst nie gesagt, dass es zu wenig Theo in deinem Leben gab.«

Dann beugt er sich herüber und grinst das großartigste Ein-Mundwinkel-Grinsen aller Zeiten.

Epilog

»Alles okay?«

Theo öffnet die Augen, schaut mich an. »Sieht das hier« – er fuchtelt mit der Hand vor seinem Gesicht herum – »in irgendeiner Weise okay aus?«

»Nicht wirklich«, gebe ich zu.

»Gut. Sonst hätte ich meine Definition von ›okay‹ überdenken müssen.«

Er holt tief Luft, kneift seine Lider ein wenig zusammen und dreht den Kopf nach rechts zum Fenster. Als er die immer näher kommende Wolkendecke erblickt, stöhnt er gequält auf.

Ich greife nach seiner Hand, verschränke seine Finger mit meinen, während er immer wieder »Ich will nicht sterben, ich will nicht sterben« murmelt.

Er sieht so verdammt unwiderstehlich aus, am liebsten würde ich ihn auf der Stelle küssen.

»Gleich geschafft«, flüstere ich, und er wimmert leise auf.

»Menschen gehören nicht in die Luft!«, jammert er. »Was ist falsch daran, zu Fuß zu gehen oder mit dem Auto zu fahren? Meinetwegen auch mit dem Schiff.«

»Wenn du von deinen drei Wochen Urlaub zwei für die Schifffahrt abziehen willst, kannst du das gerne beim nächsten Mal machen«, erwidere ich lächelnd. »Ich bin gespannt, was Mike davon hält.«

Theo verzieht das Gesicht. »Sein Pech. Er wollte doch so weit wegziehen!«

Mein Lächeln erlischt ganz langsam. Ich weiß, wie sehr Theo seinen Bruder vermisst, wie unbedingt er ihm helfen möchte, dass alles wieder wird wie früher. Doch anstatt mit ihm nach Amerika zu gehen, hat er sich dafür entschieden, in Deutschland zu bleiben. Bei mir. Und bei Celine. Zwar hat er nach drei Monaten endlich eingesehen, dass sie sich ihr Problem erst einmal selbst eingestehen muss, ehe ihr jemand helfen kann. Aber ewig auf sie warten wird er sicher nicht. Nicht, solange zwischen ihm und Mike Tausende von Kilometern liegen.

Wir haben oft darüber gesprochen, wie es wohl wäre, ihm zu folgen, auch alte Brücken abzubrechen und woanders neu zu bauen. Nicht von jetzt auf gleich. Irgendwann einmal. Bisher ist es allerdings bei den Gesprächen geblieben.

»Hab ich dir heute schon gesagt, dass du das Beste bist, was mir je passiert ist?«, frage ich leise, und Theos Blick findet meinen.

Er mustert mich einen Augenblick neugierig, dann hebt er meine Hand an seine Lippen, küsst sie.

»Du bist das Beste, was mir je passiert ist«, sagt er, und ein weiterer Stein bricht aus einem der alten Brückenpfeiler.

Danksagung

Zuerst möchte ich Nita danken, die als Einzige fast alle Fassungen kennt, und jetzt auch die Endfassung. Danke.

Ich danke meinem Mann, der so oft allein Filme schauen und die Welt retten musste, während ich geschrieben habe. Danke, dass ich meinen Traum verwirklichen durfte.

Ich danke meinen Kollegen von Hugendubel Würzburg für die Begeisterung und die Freude, die sie der Entstehung dieses Werks entgegengebracht haben.

Ich danke meiner Junior-Lektorin Esther und ihrem Freund Christian. Dank ihnen wusste ich schon lange vor New Horizons, dass Pluto und Charon ein gebunden rotierendes Doppelplaneten-System bilden.

Ich danke meiner Lektorin Meike für ihre Hilfe, Katrin Weller für ihr Vertrauen in den Titel, und ich danke Sabine Franz dafür, was sie in nicht einmal zwei Wochen noch alles aus mir herausgezaubert hat. Ihr seid großartig!

Und zu guter Letzt danke ich jedem einzelnen Leser. Danke, dass Ihr Euch die Mühe macht und Eure Zeit diesem Buch widmet. Das bedeutet mir wirklich sehr viel.

7 Fragen an Angela Kirchner

© privat

Held oder Bösewicht?

☐ ☒

Hoch hinauf oder tief hinab?

☒ ☐

Hund oder Katze

☒ ☐

3 Sätze über dich

Mein Ich ist reich an Neugier, Tatendrang und Fantasie, aber arm an Geduld. Ich liebe Reisen – egal ob im Kopf oder im Auto, Hauptsache weg! Bücher bedeuten für mich Leben, Rückzugsort, Lernen, Lachen, Weinen – ALLES!

Warum Oetinger34?

Hach, wie mein Herz gesprungen ist, als ich das erste Mal von dieser Plattform gelesen habe! Lauter findige Köpfe, die ihr Können in einen Bottich werfen, einmal ordentlich durchmischen und dadurch etwas erschaffen, das absolut einzigartig ist. Die

Idee hat mich von Anfang an begeistert, und die Umsetzung auch. Ich liebe die familiäre Atmosphäre, die Möglichkeit, mit anderen Kreativen in Kontakt treten zu können, und das Gefühl, gemeinsam mehr zu bewirken.

Was ist das Besondere an deinem Text?

Ehrlich gesagt wusste ich gar nicht, wie sehr mich dieses Thema beschäftigt hat, bis ich mich beim Schreiben darüber erwischte. Und nach nicht einmal vier Monaten war die erste Fassung fertig. Mein Wunsch war, die Geschichte in all ihrer Düsternis und mit all ihrem Licht darzustellen, mit all ihren negativen und positiven Entwicklungen und all ihren »Vielleicht-könnte«-Andeutungen und »Ganz-sicher-wird«-Entscheidungen. Ich hoffe, es ist mir geglückt.

Ein Gruß an deine Leser

»Everything you have ever wanted is sitting on the other side of fear.« (George Addair)
Habt keine Angst zu träumen. Es lohnt sich!